Harald Salfellner

Das Goldene Gässchen

VITALIS

INHALT

© Vitalis, 2019 • Deutsche Originalausgabe • Umschlagabbildung: Das Goldene Gäßchen im Abendlicht. Fotografie von Julius Silver • Hergestellt in der Europäischen Union • ISBN 978-3-89919-680-1 • Alle Rechte vorbehalten

Englische Ausgabe   978-3-89919-681-8
Französische Ausgabe   978-3-89919-682-5
Spanische Ausgabe   978-3-89919-683-2
Italienische Ausgabe   978-3-89919-684-9
Russische Ausgabe   978-3-89919-685-6
Tschechische Ausgabe   978-3-89919-686-3
Chinesische Ausgabe   978-3-89919-687-0

www.vitalis-verlag.com

Zur Einführung

Im Schatten der nördlichen Wehrmauer der Prager Burg, nicht weit vom Veitsdom, erstreckt sich eine malerische Gasse mit sechzehn putzigen, eng aneinandergeschmiegten Miniaturhäuschen. Kaum ein Besucher der Stadt verabsäumt, dieses Goldene Gäßchen zu besichtigen, das auch Goldmacher-, Goldschmiede- oder Alchemistengäßchen genannt wird. Im Tschechischen heißt es Zlatá ulička [Goldenes Gäßchen]. Entzückt drängen sich die Touristen zwischen den Knusperhäuschen, die als Schauräume oder Souvenirläden eingerichtet sind. Das war nicht immer so, denn über hunderte Jahre fristeten hier einfache Leute ihr Leben, meist Handwerker der Burgstadt oder Angehörige von Burgdomestiken, die sich trotz äußerst beengter Verhältnisse oft auch Untermieter oder Bettgeher in die gute Stube holten. Dem berühmtesten dieser Bewohner, dem Prager Schriftsteller Franz Kafka, behagte die vollkommene Stille und Einsamkeit der Gasse. Davon ist nichts geblieben im Massenansturm aus aller Welt. Trotzdem kann sich kaum ein Besucher dem einzigartigen Reiz des Ortes entziehen.

Die verschieden großen und ungleich hohen Behausungen bestehen aus einem Erdgeschoß mit Vor- und Wohnraum und in den meisten Fällen auch einem Kellergeschoß, das über eine steile Treppe oder nur eine Hühnerleiter erreichbar ist. Ein paar Objekten hat man einen niedrigen zweiten Stock aufgesetzt, und in den meisten Fällen durchstößt ein gemauerter Kamin den winzigen Dachboden. Die ehemaligen Schießluken in den Hirschgraben hinaus wurden schon in früheren Jahrhunderten zu Fensteröffnungen erweitert, die nicht nur einen Blick hinüber zu den Königlichen Gärten, sondern auch die bequeme Entsorgung von Spülwasser und Kehricht in die Tiefe ermöglichten, sehr zum Ärger der Obrigkeit.

Wenig ist über die hunderten Menschen bekannt, die hier in mehr als 400 Jahren ihr Dasein fristeten, im Gäßchen zur Welt kamen, hier nicht selten heirateten und ihrem oft mühsamen Tagwerk nachgingen. Nur ein paar Namen oder zusammenhanglose Lebensscherben lassen sich aus dem historischen Bruchmaterial meist aus dem 19. oder 20. Jahrhundert gewinnen. Mit einiger Phantasie können wir uns aber Szenen aus dem Leben der Gäßchenbewohner ausmalen, die mitunter zu fünft oder zu sechst in den winzigen Quartieren hausten. Hinter den bunten Fassaden spielten sich große und kleine Ereignisse ab, Freud und Leid, Geburt und Tod. Wie soll man sich wohl ein monatelanges Siechtum in den engen Klausen vorstellen, und wie den Tod, der nicht selten inmitten einer fröhlichen Kinderschar Ernte hielt! Mit diesem Buch sei an die Bewohner des Alchemistengäßchens erinnert, deren Gesichter und Lebensspuren die Zeit ausgelöscht hat.

DIE ANFÄNGE DES GOLDENEN GÄSSCHENS

Im Sommer des Jahres 1483 brach die Pest aus in Prag und ganz Böhmen. König Wladislaw II. aus dem Geschlecht der Jagiellonen, der seinen Königssitz in der Prager Altstadt hatte, verließ die vom Todeshauch erfasste Hauptstadt. Wenige Monate später brach eine bewaffnete Revolte aus. Hussitische Aufständische nahmen die Prager Rathäuser ein, besetzten Hradschin und Vyšehrad und griffen katholische Klöster gleichermaßen an wie das Judenghetto. Im Zuge der Unruhen wurden mehrere christliche Ratsherren aus dem Neustädter Rathaus gestürzt, neun weitere ermordet.

Zwar konnte der König die Erhebung mit einem Ausgleich beenden, aber seine Macht war empfindlich geschwächt. Als Folge der unsicheren Lage verlegte er seinen Thron im April 1485 auf den Hradschin. Zeitgleich wurde mit dem Ausbau der Prager Burg begonnen. Ab 1486 wurde Woche für Woche der ungeheure Betrag von 18 Schock Böhmischer Groschen für die Baumaßnahmen auf der Prager Burg bereitgestellt, wobei viel Geld in die Adaptierung des lange verwaisten Königspalastes floss. Aus Sicherheitsgründen ging jedoch die Erneuerung der Befestigungsanlagen vor. Die Kuttenberger Münzmeister hatten die Mittel für eine Mauer vom einen zum anderen Ende des Burgbezirkes aufzutun, womit gewiss der nördliche Verteidigungswall gemeint ist. Noch im selben Jahr begannen die Arbeiten, vier Jahre später war das Werk glücklich vollbracht. Mit drei mächtigen vorgelagerten Türmen befestigt, ermöglichte die Trutzmauer das gesamte nördliche Vorfeld zu verteidigen – an der östlichen Flanke erhob sich der Daliborka genannte Rundturm, im Westen anschließend der Weiße Turm und dann auf Höhe des Veitsdomes und der Pulverbrücke die mächtige Große Bastei, seit dem 19. Jh. Mihulka genannt. Zwischen dem Weißen Turm und der östlich gelegenen Daliborka spannten sich zwölf mächtige Arkadenbogen aus, die dem spätgotischen Bollwerk die nötige Festigkeit verliehen.

LINKS: Fresko in der Wawel-Kathedrale in Krakau, *Anbetung der Könige* (Ausschnitt König Wladislaw II. Jagiello), um 1480.

RECHTS OBEN: Ferdinand Engelmüller, *Die Prager Burg*, 1908. Dargestellt sind auch die Türme der nordöstlichen Festung: links der Schwarze Turm (Pyramidendach); in der Bildmitte im Vordergrund die Daliborka (Rundturm mit Kegeldach); rechts anschließend der Weiße Turm; am rechten Bildrand die Mihulka.

RECHTS UNTEN: Foto des nördlichen Festungswalles der Prager Burg, um 1900; im Vordergrund der Hirschgraben, rechts der St.-Veits-Dom, zur Bildmitte hin die beiden hellen Türme der St.-Georgs-Kirche.

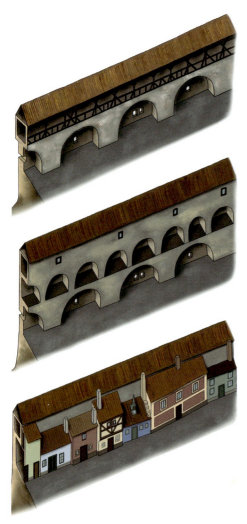

Über den Arkaden verlief ein hölzerner Verteidigungs- oder Streitgang, von dem aus Schützen der Burgverteidigung die gegenüberliegenden Hänge mit Pfeilen und Feuerwaffen bestreichen konnten. In die Schießluken wurden drehbare Zapfen aus Eichenholz mit einem Spalt für die Hakenbüchsen eingepaßt. Entlang diesem Gang, der sowohl mit den Türmen als auch mit dem Oberstburggrafenamt in Verbindung stand, wurden Eingekerkerte zu ihren Verhören oder auch zur Hinrichtung gebracht. Im ausgehenden 19. Jh. war das freilich schon ferne Geschichte. Damals wurden Abschnitte des Wehrganges an Bewohner des Goldenen Gäßchens vermietet, die hier ihre Wäsche aufhängen konnten. Damit büßte der Wehrgang seine Verbindungsfunktion zwischen den Türmen ein. Heute endet er an seiner östlichen Flanke blind.

Es ist anzunehmen, daß schon früh provisorische Baracken in die mächtigen Blindarkaden dieser Mauer hineingebaut wurden, detaillierte Abbildungen oder Beschreibungen haben sich jedoch nicht erhalten.

Links: Schematische Darstellung der Entwicklung des nördlichen Verteidigungswalls. Oben: Spätmittelalterlicher Zustand. Auf den breiten Blindarkaden verläuft ein hölzerner Wehrgang. Mitte: Nach der Adaptierung durch Benedikt von Ried. Über den mittelalterlichen Blindbögen zieht sich ein Gürtel mit kleineren Blindarkaden hin, darüber ein gedeckter Wehrgang. Unten: Durch Aufschüttung befinden sich die breiten Arkaden nunmehr unter dem Terrain (Parkan). Die kleinen Häuschen sind auf Höhe der kleinen Blindarkaden vorgebaut. Farbillustration von Lenka Filonenko nach einer Zeichnung von Ing. arch. Petr Chotěbor, CSc.

Rechte Seite

Links oben: Drehbare Schießvorrichtung für die Verteidiger der Burg.

Links unten: Blick in den gedeckten Wehrgang über den Häuschen des Goldenen Gäßchens.

Rechts: Blick vom Weißen Turm auf die nördliche Wehrmauer, im Bildhintergrund kragt eine Mauerverstrebung in den Hirschgraben vor (Pfeil). Aufnahme von Karel Plicka.

Was auch immer an baulichem Wildwuchs am Fuße der Wehrmauer wucherte, den verheerenden Brand der Burgstadt und der Kleinseite vom 2. Juni 1541 überstand nichts davon. Auch der hölzerne Wehrgang auf den Arkaden wurde ein Raub der Flammen. Auf der Kleinseite unter der Burg blieben von dem ungeheuren Feuersturm nur einige Dutzend Häuser verschont. Der Chronist des 16. Jahrhunderts Václav Hájek von Libočany berichtete in seiner Schrift *Über das große Prager Feuer* (*O velkém ohni pražském*), daß die ganze Burg, mit Ausnahme des Schwarzen Turmes und des Daliborka-Turmes, bis auf die Grundmauern eingeäschert worden sei. Der Weiße Turm brannte vollständig aus und auch die Hofanlage des Burggrafen wurde bis auf die Kellergewölbe zerstört. Lange Jahre sollte es dauern, bis der Wiederaufbau der arg getroffenen Burg in Gang kam. Erst 1548 wurde die nördliche Verteidigungsmauer instandgesetzt, der hölzerne Wehrgang jedoch nicht mehr erneuert. Den Abschluß bildete fürderhin eine Krone aus Ziegeln.

Lenka Filonenko: *Der große Prager Stadtbrand von 1541.* Illustration nach einer historischen Vorlage.

Bald nach der Feuersbrunst wucherten im Schatten der erwähnten Wehrmauer erneut einfache Hütten und elende Baracken, wohl für die kleinen Bediensteten der Prager Burg und für verschiedene Handwerker und Gewerbetreibende. Die Rede war auch von „allerlei unnützem Gesindel", das sich da im 16. Jh. in den Häuschen niedergelassen habe und das man schon wegen der ständigen Feuersgefahr auf der Prager Burg fürchten mußte. Auf den einen oder anderen Goldschmied könnte die damals aufkommende Bezeichnung Goldschmiedegassel oder Goldmachergasse [Zlatnická] zurückgehen. Wohl erst nach dem Dreißigjährigen Krieg kam die Bezeichnung Goldenes Gäßchen oder Gassel [Zlatá ulička] auf. Die im 19. Jh. übliche Bezeichnung Alchemistengasse ist für die Frühzeit nicht bezeugt. Den Namen „U Daliborky" (Beim Daliborkaturm) verordneten die Stadtväter dem Gäßchen 1870, seit 1991 heißt die Gasse amtlich Goldenes Gäßchen beim Daliborkaturm [Zlatá ulička u Daliborky].

Das Gelände der Prager Burg. Zwischen der Daliborka und dem Weißen Turm spannt sich die nördliche Wehrmauer aus. Das grünspangrüne Turmdach markiert die Lage des Burggrafenpalastes.

Um die Mitte des 16. Jhs. ließ der Zustand der Verteidigungsanlage arg zu wünschen übrig, sodaß der kaiserliche Baumeister Bonifaz Wohlmut dem Kaiser Maximilian II. im Jahr 1568 empfahl, die Wehrmauern rundum zu erneuern. Nicht nur aus strategischen Gründen riet Wohlmut, die nördliche Verteidigungsmauer aufzustocken, sondern auch um der Verunreinigung des Hirschgrabens durch allerlei Unrat ein Ende zu setzen. Schon damals entledigten sich die Bewohner der Elendshütten ihrer Ausscheidungen mangels entsprechender Örtlichkeiten durch Mauerluken oder über die Mauer hinweg in den Hirschgraben. Zu diesen grundlegenden Veränderungen kam es jedoch während Maximilians Regierung nicht mehr.

DAS GÄSSCHEN ZUR ZEIT RUDOLPHS II.

Wie 250 Jahre zuvor der legendäre Luxemburger Karl IV., so hatte auch Kaiser Rudolph II. Prag zum Mittelpunkt des Heiligen Römischen Reiches gemacht. Wieder wurden zahlreiche Baumaßnahmen in Angriff genommen. Ganz nach den seinerzeitigen Vorschlägen des Bonifaz Wohlmut veranlaßte er 1591 den Ausbau der nördlichen Wehrmauer. Auf die Arkaden des spätgotischen Walls wurde ein weiterer Stock mit 21 durchschnittlich 4 Meter breiten und 2,2 Meter tiefen Bögen aufgebaut. Den Abschluß darüber bildete ein balkengedeckter Wehrgang zwischen Weißem Turm und Daliborka. Die unregelmäßigen Holzbarracken an der Innenseite der Mauer wurden beseitigt. Das Terrain im Inneren der Mauer, der Parkan, wurde aufgeschüttet, so daß die spätgotischen Arkaden nunmehr unter dem Bodenniveau verschwanden. Um 1594 waren diese Arbeiten weitgehend abgeschlossen.

OBEN: Mikoláš Aleš, *Trachten aus der rudolphinischen Zeit*, vor 1903.
RECHTS: Joris Hoefnagel, *Ansichten von Prag*, um 1591.

PALATIVM IMPERATORVM
PRAGAE QVOD VVLGO RATZIN APPELLATVR

PRAGA
Regni Bohemiæ metropolis

OBEN LINKS: Hans van Aachen, *Bildnis Kaiser Rudolphs II.*, um 1608. • OBEN RECHTS: Volkskleidung zur Zeit Rudolphs II. • UNTEN: Václav Brožík, *Kaiser Rudolph II. im Kreise von Astronomen und Gelehrten*. Königlicher Salon im Nationaltheater in Prag, ca. 1880. • RECHTS: Aufnahme des Goldenen Gäßchens mit Bewohnern um 1900.

Da wandten sich 24 „Schützen vor den Toren der Prager Burg" mit der Bitte an den Kaiser, sich in den blinden Arkaden unter dem Wehrgang Kammern (Losumente) einrichten zu dürfen, was als Geburtsstunde des Goldenen Gäßchens anzusehen ist. Am 16. September 1597 erteilte der Kaiser die erbetene Nutzungsbewilligung, so lange die Schützen in Diensten der Burgwache blieben. Auf Verlangen des Kaisers sollte auf jegliches Fenster zum herrschaftlichen Hirschgraben hin verzichtet werden; die Bauten durften ferner zur Gasse hin nicht über das Niveau der Wehrmauer hinausragen. Diese Auflage wurde wohl bald ignoriert und jedenfalls über die Jahrhunderte hinweg nur von den Eigentümern des Häuschens Nr. 13 befolgt. Nach und nach verbreiteten die anderen Besitzer ihre Parzellen zur Gassenseite hin, benötigten sie doch nicht nur Platz für die Feuerstellen nebst den zugehörigen Kaminen, sondern auch

Zugänge und Treppchen zu den winzigen Kellergeschoßen und Dachböden. Ein Verzeichnis aus dem Jahre 1599 führt insgesamt 16 Losumente an, die jedoch von Anfang an ungleich groß waren. Einzelne Eigentümer wußten sich wohl zwei oder gar drei dieser Nischen zu sichern, so daß größere Domänen entstanden. Die Gebäude mußten von den Torschützen auf eigene Kosten errichtet werden. Obwohl ihnen der Grund unter ihrem Besitz gar nicht gehörte, setzte bald ein reger Handel mit diesen Liegenschaften ein. Zunächst kauften und verkauften die Burgschützen die pittoresken Häuschen noch untereinander, bald aber erwarben auch Pförtner, Glöckner, Wächter und Handwerker aus dem Burgbezirk und endlich auch Bürger der anderen Prager Städte die kleinen Losumente.

Im Laufe der Jahrhunderte

Zu Beginn des 17. Jhs. befanden sich Häuschen des Goldenen Gäßchens auch westlich des Weißen Turms. Als der Orden der Benediktinerinnen 1657 den westlich des Weißen Turmes gelegenen Teil des Gäßchens kaufte und mit umfangreichen Umbauten des Klosters begann, war das Ende dieses Gäßchenflügels gekommen. Verständlicherweise waren die frommen Ordensdamen nicht erfreut von dem Getriebe und Gestank in dem Elendsviertel. Durch die beidseitige Bebauung war das arg verschmutzte Goldmachergassel stellenweise bis auf einen Meter verengt, zwischen den schiefen Hütten und Verschlägen scharten die Hühner, vor den Bruchbuden balgten sich schmutzige Kinder. In einigen Losumenten wurde Branntwein ausgeschenkt. Das Wasser mußte vom Georgsplatz herbeigeschleppt werden, einen eigenen Brunnen gab es noch im 18. Jh. genauso wenig wie einen eigenen Kanal, der die übelriechenden Fäkalien aufgenommen hätte. Die Bewohner teilten sich einen Abort, erst im 19. Jh. wurde eine weitere Trockentoilette eingerichtet. Die hygienischen Verhältnisse waren in jeder Hinsicht katastrophal.

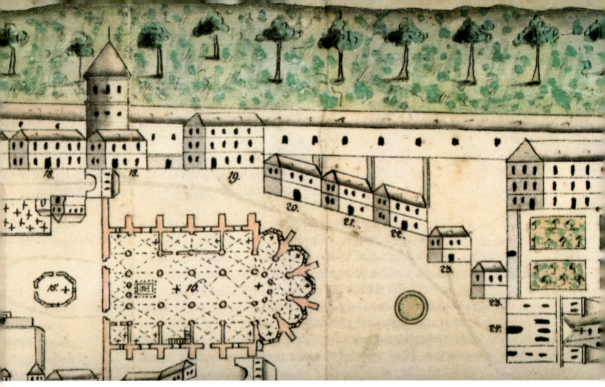

Anstelle der von den Benediktinerinnen aufgekauften Häuschen im Westteil erhob sich bald der von Carlo Lurago (1608–1688) erbaute nördliche Flügel des Klosterareals, den man heute durch ein Gitter am blinden westlichen Ende des Gäßchens sehen kann. Sonst änderte sich wenig in dem Quartier im Windschatten der Macht. Mit großen Umbauten der Burg ist die Regierungszeit Maria Theresias verbunden, dabei wurden weitere Häuschen niedergerissen oder umgebaut.

Im 17. und 18. Jh. fiel es wohl kaum jemand ein, seine Schritte in das Elendsquartier zu lenken, außer vielleicht den Soldaten, die in den mittlerweile zur Kaserne gewandelten Räumlichkeiten des vormaligen St.-Georgs-Klosters Dienst taten. So eng die Verhältnisse im Gäßchen auch waren, die Not gebot selbst die niedrigen Stuben im Oberstock an sogenannte Bettgeher zu vergeben, die dort kaum aufrecht sitzen konnten.

Mit dem Regierungsantritt Kaiser Franz Josephs I. war wieder Bewegung in das Gassenleben gekommen. Nur wenige Schritte weiter residierte ja der abgedankte Kaiser Ferdinand, genannt der Gütige, mit seiner Frau. Verständlich, daß man nach Beseitigung der schreiendsten Übelstände trachtete. So wurde das dumpfe, verfallene und übelriechende Gäßchen 1864 einer gründlichen Sanierung unterzogen, was etwa in der *Prager Zeitung* mit großer Zustimmung quittiert wurde.

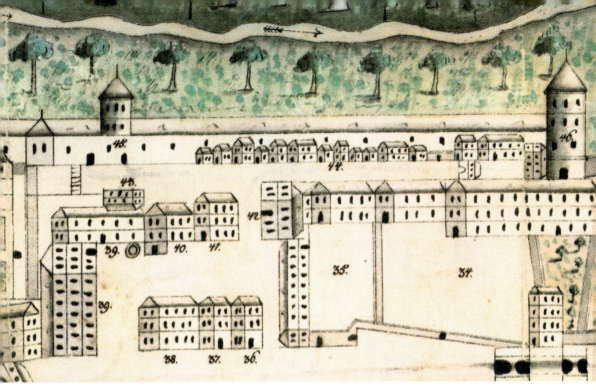

Bei dieser ersten großen Sanierung wurden wohl auch die Häuschen beseitigt, die an der südlichen Mauer zum Burggrafenamt hin klebten. An den Hygieneverhältnissen hatte sich aber wenig verändert, nach wie vor gab es nur zwei Toiletten, worüber die Kontrolleure einer Sanitätskommission anno 1869 ihre Häupter schüttelten. Vom verschmutzen Hirschgraben aus kletterten große Ratten in die Keller und in die tiefer gelegenen Zimmer. Erst 1877 wurde die erste Wasserleitung ins Gäßchen eingeführt, eine ungeheure Erleichterung für die mitunter kinderreichen Familien.

Um den arg verunreinigten Bruskabach zu sanieren, entschied man 1884 einen Kanal anzulegen, der die Jauche vom

Ausschnitt aus einem Häuserverzeichnis des Prager Metropolitankapitels in der Zeit vor den theresianischen Umbauten, um 1750. Zu sehen sind die Häuschen des „Gold-Gaßls" (44), die damals noch um einen Stock höhere Daliborka (46), der Weiße Turm (45) sowie beim Eingang das „Kochische Haus" (42), das „Stecklerische Haus" (41), das „Klein Lobkowitzsche Haus" (35) und das „Burggraffen-Ambt" (34).

Häuschen Nr. 13 am unteren Gäßchenende über den Kanal der Georgskaserne in den Hauptkanal nächst dem Edeldamenstifte leiten sollte.

Der Grund, auf dem die Häuschen standen, gehörte dem Hofärar, trotzdem wurden die Anwesen nicht nur auf dem Erbwege weitergegeben oder durch Heirat erworben, sondern vielfach auch von den ursprünglichen Burgschützen und ihren Nachfahren veräußert. So bekannt war das Gäßchen um 1871 bereits, daß selbst im fernen Graz eine Zeitung vermeldete: *„In Prag ist jüngst Jemand billig zu einem Hause gekommen. Bei der am 23. November stattgehabten exekutiven Feilbietung eines Hauses im Goldenen Gäßchen am Hradschin wurde dasselbe um 11 fl. 20 kr. erstanden."*

Seit der Mitte des 19. Jhs. erkannten immer weitere Besucher den Reiz des geschichtenträchtigen Ortes, der einst, wie man sich gerne erzählte, Heimstätte bedeutender Goldkünstler, Steinschneider und Alchemisten war. Gedüngt von Legenden und Mythen wuchs das Goldene Gäßchen zu einer wichtigen Fremdenattraktion, vergleichbar etwa mit dem sagenumwobenen Judenkirchhof in der Altstadt. Rasch erkannten auch die Bewohner die sich auftuenden Einnahmsquellen, wie das *Prager Tagblatt* berichtete: *„Tritt ein, Fremder, in das Gäßchen! Gleich öffnen sich zwei, drei Türen der sieben Häuschen und man erhält von den Frauen, die dort wohnen, eine höfliche Einladung, einzutreten."* Die neugierigen Gäste konnten dann aus einem der Fensterchen in den Hirschgraben blicken oder hinüber zu den königlichen Gärten. Um 1900 hielten die geschäftstüchtigen Eigentümer dann auch schon jene Postkarten für die Touristen bereit, die uns heute eine willkommene Quelle zur Erforschung des Alltagslebens im damaligen Goldenen Gäßchen sind.

Oben: Waschtag im Goldenen Gäßchen, nach 1914. Die Bewohner spannten die Wäscheleinen zwischen den beiden Gassenseiten so aus, daß man die Gasse kaum passieren konnte.

Unten: Eine Bewohnerin geht mit einem Kübel zum Brunnen am Eingang des Gäßchen. 1940er Jahre.

Rechte Seite: Václav Jansa, *Das Goldene Gäßchen*, 1897.

DAS GOLDENE GÄSSCHEN IM 20. JAHRHUNDERT

Zu Beginn des 20. Jhs. waren sich die Bewohner also längst der geschäftlichen Möglichkeiten bewußt, die mit dem pittoresken Gäßchen verbunden waren. Nicht verborgen blieb ihnen, daß regelmäßig Kunstmaler am Gäßcheneingang ihre Staffelei in Stellung brachten, um den immer wieder gleichen Blick für die aufstrebende Fremdenindustrie zu bannen. Das Goldene Gäßchen wurde zu einem Hauptmotiv der Goldenen Stadt. Hunderte, bald tausende Aquarelle und Kohlezeichnungen fanden ihren Weg in die Salons und Wohnstuben in nah und fern. Auch Maler von Rang und Namen gaben sich dem Zauber des Ortes hin. Allgemein bekannt wurden die Ölgemälde mit Gäßchenmotiven des tschechischen Malers Antonín Slavíček. Ein detailreiches Meisterwerk hinterließ der deutsch-österreichische Genremaler Wilhelm Gause, der das Alchemistengäßchen anno 1914 wohl anläßlich eines Zwischenaufenthaltes in Prag auf Leinwand festhielt.

Immer öfter trugen Fotografen ihre Apparate über den Steingraben [Na Opyši] hinauf ins Gäßchen, lichteten die Puppenarchitektur ab und hielten manche Szene aus dem damalige Gassenleben für die Nachwelt fest. Auf den Bildern und alten Ansichtskarten blicken uns betagte Damen in langen Röcken und Schürzen an, versonnen sitzen alte Herren auf

niedrigen Schemeln, umgeben von feisten Frauen vor Waschzubern und Kindern, die am Gassenrand hockend spielen. Immer neue, längst beseitigte Fassadendetails treten aus dem scharfen Fotolicht vergangener Tage hervor, Emailschilder, Holzbalken, Dachluken, dazu das damals vertraute Inventar der Gasse: Körbe, Waschzuber, Leitern zum Wäschetrocknen. Der romantische Betrachter freut sich selbst über das Unkraut, das auf manchem vergilbten Bild aus dem gepflasterten Boden sprießt.

Den Malern auf den Fuß folgten die Dichter und Schriftsteller der Zeit vor dem Ersten Weltkrieg, der bekannteste unter ihnen gewiß Franz Kafka, der hier gar für einige Monate seine Zelte aufschlug. Das heute nicht mehr bestehende Häuschen mit der Konskriptionsnummer 6 auf der rechten Gassenseite ist mit dem tschechischen Dichter Jaroslav Seifert verbunden, der hier vor dem Weltkrieg seine Gedichtsammlungen *Osm dní [Acht Tage]* und *Světlem oděná [In Licht gekleidet]* verfaßte. Einen ungeheuren Reiz übte das Gäßchen auf den Schriftsteller Gustav Meyrink aus, der eine Schwäche für alles Okkulte und Geheimnisumwitterte hatte. In dem Meisterwerk *Walpurgisnacht* wird die mythenschwangere Atmosphäre des Gäßchens zelebriert, und jeder Leser seines grandiosen Romans *Der*

Wilhelm Gause, *Die Alchimistenhäuschen auf dem Prager Hradschin*, 1914. Ein überaus wertvolles und detailreiches Gemälde zeigt das Goldene Gäßchen zwei Jahre bevor hier Franz Kafka ein- und ausging. Das oft als grün dargestellte Kafka-Häuschen trug demnach einen himmelblauen Anstrich. Die Eingänge auf der rechten Seite wurden später beseitigt. Das Hauszeichen des Häuschens Nr. 23 zeigte damals nicht einen Schutzengel, sondern eine Madonna mit dem Jesukinde.

Gustav Meyr

Der
Golem

Golem weiß vom Haus Zur letzten Latern: „Es geht nämlich eine alte Sage, daß dort oben in der Alchimistengasse ein Haus steht, das nur bei Nebel sichtbar wird, und auch bloß ‚Sonntagskindern'. Man nennt es die ‚Mauer zur letzten Laterne'. Wer bei Tag hinaufgeht, sieht dort nur einen großen, grauen Stein – dahinter stürzt es jäh ab in die Tiefe, in den Hirschgraben, und Sie können von Glück sagen, Pernath, daß Sie keinen Schritt weiter gemacht haben: Sie wären unfehlbar hinuntergefallen und hätten sämtliche Knochen gebrochen. Unter dem Stein, heißt es, ruht ein riesiger Schatz, und er soll von dem Orden der ‚Asiatischen Brüder', die angeblich Prag gegründet haben, als Grundstein für ein Haus gelegt worden sein, das dereinst am Ende der Tage ein Mensch bewohnen wird – besser gesagt ein Hermaphrodit –, ein Geschöpf, das sich aus Mann und Weib zusammensetzt. Und der wird das Bild eines Hasen im Wappen tragen – nebenbei: der Hase war das Symbol des Osiris, und daher stammt wohl die Sitte mit dem Osterhasen.*

Bis die Zeit gekommen ist, heißt es, hält Methusalem in eigener Person Wache an dem Ort, damit Satan nicht den Stein beflattert und einen Sohn mit ihm zeugt: den sogenannten Armilos. – Haben Sie noch nie von diesem Armilos erzählen hören? Sogar wie er aussehen würde, weiß man – das heißt, die alten Rabbiner wissen es –, wenn er auf die Welt käm: Haare aus Gold würde er haben, rückwärts zum Schopf gebunden, dann: zwei Scheitel, sichelförmige Augen und Arme bis herunter zu den Füßen."

Links: Hugo Steiner-Prag, *Das Goldene Gäßchen* als Illustrationsmotiv für Gustav Meyrinks Roman *Der Golem*.

Mitte oben: Der Prager Schriftsteller Gustav Meyrink.

Mitte unten: Umschlag der Erstausgabe des Romans *Der Golem*.

Rechts oben: Der tschechische Dichter Jiří Mařánek.

Rechts unten: Der tschechische Dichter und Nobelpreisträger Jaroslav Seifert.

Um 1900 brauchte es schon einiges Glück, wollte man da oben im Gäßchen ein freies Stübchen mieten, geschweige denn ein solches zu kaufen. Die Preise der bescheidenen Liegenschaften paßten sich der Nachfrage an. Waren es vor dem Ersten Weltkrieg noch vier- oder fünfhundert Kronen, für die ein solches Häuschen zu kriegen war, so stieg der Kaufpreis in der Ersten Republik bei einzelnen Objekten auf fünfstellige Beträge.

Ständig wurde rekonstruiert, restauriert umgebaut. Daß die Gasse der wuchernden „Baubewegung" zum Opfer fallen könnte befürchtete 1906 die *Montags-Revue aus Böhmen: „Der Eigentümer eines dieser Häuschen will ein Stockwerk höher bauen und die Schloßhauptmannschaft, der allein über Grundstück und Dachboden des Baues das Verfügungsrecht zusteht, soll dieser Absicht die Sanktion erteilt haben."*

Am Sanierungsbedarf bestand kein Zweifel. War es heute die Verlegung eines neuen Kanals, so brauchte es morgen eine neue Pflasterung und endlich die Installation von Elektrokabeln, die den Ersatz der bis dahin üblichen Petroleumleuchten durch Glühlampen ermöglichen sollten. Aufwendig wurden die ruinösen Wehrtürme instandgesetzt. Die einzelnen Hausherren, die als Handwerker oft in Diensten der Burgverwaltung standen, legten Hand an und verschönerten ihr Domizil nach eigenem Gutdünken. Im Jahr 1933 war die nördliche Verteidigungsmauer mit einem Fundament zu befestigen, um einem drohenden Absturz der gesamten Mauer und Häuserzeile in den Hirschgraben vorzubeugen. Für Sicherungsarbeiten an der Nordmauer wurden 29.000 Maurerziegel angefordert, die freilich 1944 wegen des kriegsbedingten Baustoffmangels nicht mehr geliefert wurden.

Linke Seite: *Das Gäßchen im Winter*. Ansichtskarte, ca. 1960.

Diese Seite oben: Oldřich Blažíček, *Goldenes Gäßchen*, 1940.

Diese Seite unten: Antonín Slavíček, *Goldenes Gäßchen*, 1906.

Golem weiß vom Haus Zur letzten Latern: „Es geht nämlich eine alte Sage, daß dort oben in der Alchimistengasse ein Haus steht, das nur bei Nebel sichtbar wird, und auch bloß ‚Sonntagskindern'. Man nennt es die ‚Mauer zur letzten Laterne'. Wer bei Tag hinaufgeht, sieht dort nur einen großen, grauen Stein – dahinter stürzt es jäh ab in die Tiefe, in den Hirschgraben, und Sie können von Glück sagen, Pernath, daß Sie keinen Schritt weiter gemacht haben: Sie wären unfehlbar hinuntergefallen und hätten sämtliche Knochen gebrochen. Unter dem Stein, heißt es, ruht ein riesiger Schatz, und er soll von dem Orden der ‚Asiatischen Brüder', die angeblich Prag gegründet haben, als Grundstein für ein Haus gelegt worden sein, das dereinst am Ende der Tage ein Mensch bewohnen wird – besser gesagt ein Hermaphrodit –, ein Geschöpf, das sich aus Mann und Weib zusammensetzt. Und der wird das Bild eines Hasen im Wappen tragen – nebenbei: der Hase war das Symbol des Osiris, und daher stammt wohl die Sitte mit dem Osterhasen.

Bis die Zeit gekommen ist, heißt es, hält Methusalem in eigener Person Wache an dem Ort, damit Satan nicht den Stein beflattert und einen Sohn mit ihm zeugt: den sogenannten Armilos. – Haben Sie noch nie von diesem Armilos erzählen hören? Sogar wie er aussehen würde, weiß man – das heißt, die alten Rabbiner wissen es –, wenn er auf die Welt käm: Haare aus Gold würde er haben, rückwärts zum Schopf gebunden, dann: zwei Scheitel, sichelförmige Augen und Arme bis herunter zu den Füßen."

Links: Hugo Steiner-Prag, *Das Goldene Gäßchen* als Illustrationsmotiv für Gustav Meyrinks Roman *Der Golem*.

Mitte oben: Der Prager Schriftsteller Gustav Meyrink.

Mitte unten: Umschlag der Erstausgabe des Romans *Der Golem*.

Rechts oben: Der tschechische Dichter Jiří Mařánek.

Rechts unten: Der tschechische Dichter und Nobelpreisträger Jaroslav Seifert.

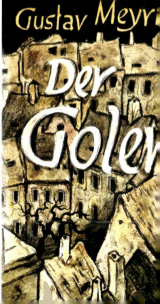

Gustav Meyr

Der Golem

DAS GOLDENE GÄSSCHEN IM 20. JAHRHUNDERT

Zu Beginn des 20. Jhs. waren sich die Bewohner also längst der geschäftlichen Möglichkeiten bewußt, die mit dem pittoresken Gäßchen verbunden waren. Nicht verborgen blieb ihnen, daß regelmäßig Kunstmaler am Gäßcheneingang ihre Staffelei in Stellung brachten, um den immer wieder gleichen Blick für die aufstrebende Fremdenindustrie zu bannen. Das Goldene Gäßchen wurde zu einem Hauptmotiv der Goldenen Stadt. Hunderte, bald tausende Aquarelle und Kohlezeichnungen fanden ihren Weg in die Salons und Wohnstuben in nah und fern. Auch Maler von Rang und Namen gaben sich dem Zauber des Ortes hin. Allgemein bekannt wurden die Ölgemälde mit Gäßchenmotiven des tschechischen Malers Antonín Slavíček. Ein detailreiches Meisterwerk hinterließ der deutschösterreichische Genremaler Wilhelm Gause, der das Alchemistengäßchen anno 1914 wohl anläßlich eines Zwischenaufenthaltes in Prag auf Leinwand festhielt.

Immer öfter trugen Fotografen ihre Apparate über den Steingraben [Na Opyši] hinauf ins Gäßchen, lichteten die Puppenarchitektur ab und hielten manche Szene aus dem damalige Gassenleben für die Nachwelt fest. Auf den Bildern und alten Ansichtskarten blicken uns betagte Damen in langen Röcken und Schürzen an, versonnen sitzen alte Herren auf niedrigen Schemeln, umgeben von feisten Frauen vor Waschzubern und Kindern, die am Gassenrand hockend spielen. Immer neue, längst beseitigte Fassadendetails treten aus dem scharfen Fotolicht vergangener Tage hervor, Emailschilder, Holzbalken, Dachluken, dazu das damals vertraute Inventar der Gasse: Körbe, Waschzuber, Leitern zum Wäschetrocknen. Der romantische Betrachter freut sich selbst über das Unkraut, das auf manchem vergilbten Bild aus dem gepflasterten Boden sprießt.

Den Malern auf den Fuß folgten die Dichter und Schriftsteller der Zeit vor dem Ersten Weltkrieg, der bekannteste unter ihnen gewiß Franz Kafka, der hier gar für einige Monate seine Zelte aufschlug. Das heute nicht mehr bestehende Häuschen mit der Konskriptionsnummer 6 auf der rechten Gassenseite ist mit dem tschechischen Dichter Jaroslav Seifert verbunden, der hier vor dem Weltkrieg seine Gedichtsammlungen *Osm dní [Acht Tage]* und *Světlem oděná [In Licht gekleidet]* verfaßte. Einen ungeheuren Reiz übte das Gäßchen auf den Schriftsteller Gustav Meyrink aus, der eine Schwäche für alles Okkulte und Geheimnisumwitterte hatte. In dem Meisterwerk *Walpurgisnacht* wird die mythenschwangere Atmosphäre des Gäßchens zelebriert, und jeder Leser seines grandiosen Romans *Der*

Wilhelm Gause, *Die Alchimistenhäuschen auf dem Prager Hradschin*, 1914. Ein überaus wertvolles und detailreiches Gemälde zeigt das Goldene Gäßchen zwei Jahre bevor hier Franz Kafka ein- und ausging. Das oft als grün dargestellte Kafka-Häuschen trug demnach einen himmelblauen Anstrich. Die Eingänge auf der rechten Seite wurden später beseitigt. Das Hauszeichen des Häuschens Nr. 23 zeigte damals nicht einen Schutzengel, sondern eine Madonna mit dem Jesukinde.

Der Grund, auf dem die Häuschen standen, gehörte dem Hofärar, trotzdem wurden die Anwesen nicht nur auf dem Erbwege weitergegeben oder durch Heirat erworben, sondern vielfach auch von den ursprünglichen Burgschützen und ihren Nachfahren veräußert. So bekannt war das Gäßchen um 1871 bereits, daß selbst im fernen Graz eine Zeitung vermeldete: *„In Prag ist jüngst Jemand billig zu einem Hause gekommen. Bei der am 23. November stattgehabten exekutiven Feilbietung eines Hauses im Goldenen Gäßchen am Hradschin wurde dasselbe um 11 fl. 20 kr. erstanden."*

Seit der Mitte des 19. Jhs. erkannten immer weitere Besucher den Reiz des geschichtenträchtigen Ortes, der einst, wie man sich gerne erzählte, Heimstätte bedeutender Goldkünstler, Steinschneider und Alchemisten war. Gedüngt von Legenden und Mythen wuchs das Goldene Gäßchen zu einer wichtigen Fremdenattraktion, vergleichbar etwa mit dem sagenumwobenen Judenkirchhof in der Altstadt. Rasch erkannten auch die Bewohner die sich auftuenden Einnahmsquellen, wie das *Prager Tagblatt* berichtete: *„Tritt ein, Fremder, in das Gäßchen! Gleich öffnen sich zwei, drei Türen der sieben Häuschen und man erhält von den Frauen, die dort wohnen, eine höfliche Einladung, einzutreten."* Die neugierigen Gäste konnten dann aus einem der Fensterchen in den Hirschgraben blicken oder hinüber zu den königlichen Gärten. Um 1900 hielten die geschäftstüchtigen Eigentümer dann auch schon jene Postkarten für die Touristen bereit, die uns heute eine willkommene Quelle zur Erforschung des Alltagslebens im damaligen Goldenen Gäßchen sind.

Oben: Waschtag im Goldenen Gäßchen, nach 1914. Die Bewohner spannten die Wäscheleinen zwischen den beiden Gassenseiten so aus, daß man die Gasse kaum passieren konnte.

Unten: Eine Bewohnerin geht mit einem Kübel zum Brunnen am Eingang des Gäßchen. 1940er Jahre.

Rechte Seite: Václav Jansa, *Das Goldene Gäßchen*, 1897.

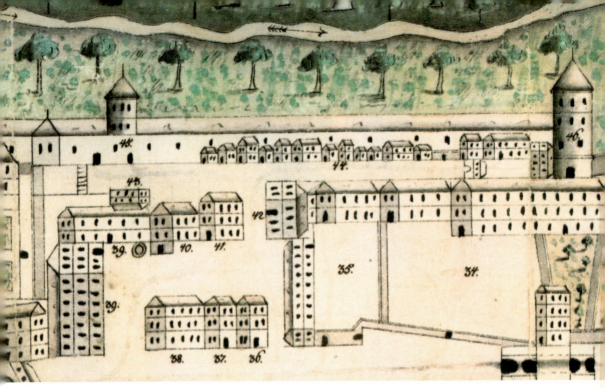

Bei dieser ersten großen Sanierung wurden wohl auch die Häuschen beseitigt, die an der südlichen Mauer zum Burggrafenamt hin klebten. An den Hygieneverhältnissen hatte sich aber wenig verändert, nach wie vor gab es nur zwei Toiletten, worüber die Kontrolleure einer Sanitätskommission anno 1869 ihre Häupter schüttelten. Vom verschmutzen Hirschgraben aus kletterten große Ratten in die Keller und in die tiefer gelegenen Zimmer. Erst 1877 wurde die erste Wasserleitung ins Gäßchen eingeführt, eine ungeheure Erleichterung für die mitunter kinderreichen Familien.

Um den arg verunreinigten Bruskabach zu sanieren, entschied man 1884 einen Kanal anzulegen, der die Jauche vom

Ausschnitt aus einem Häuserverzeichnis des Prager Metropolitankapitels in der Zeit vor den theresianischen Umbauten, um 1750. Zu sehen sind die Häuschen des „Gold-Gaßls" (44), die damals noch um einen Stock höhere Daliborka (46), der Weiße Turm (45) sowie beim Eingang das „Kochische Haus" (42), das „Stecklerische Haus" (41), das „Klein Lobkowitzsche Haus" (35) und das „Burggraffen-Ambt" (34).

Häuschen Nr. 13 am unteren Gäßchenende über den Kanal der Georgskaserne in den Hauptkanal nächst dem Edeldamenstifte leiten sollte.

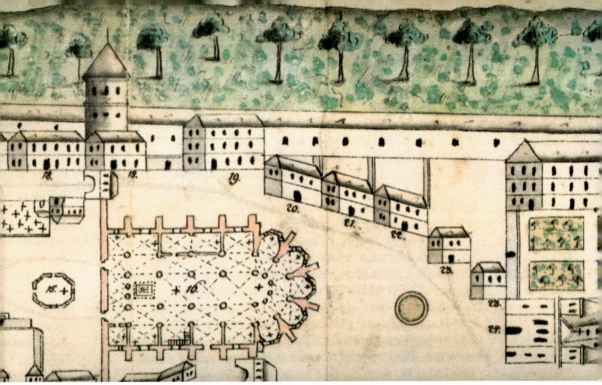

Anstelle der von den Benediktinerinnen aufgekauften Häuschen im Westteil erhob sich bald der von Carlo Lurago (1608–1688) erbaute nördliche Flügel des Klosterareals, den man heute durch ein Gitter am blinden westlichen Ende des Gäßchens sehen kann. Sonst änderte sich wenig in dem Quartier im Windschatten der Macht. Mit großen Umbauten der Burg ist die Regierungszeit Maria Theresias verbunden, dabei wurden weitere Häuschen niedergerissen oder umgebaut.

Im 17. und 18. Jh. fiel es wohl kaum jemand ein, seine Schritte in das Elendsquartier zu lenken, außer vielleicht den Soldaten, die in den mittlerweile zur Kaserne gewandelten Räumlichkeiten des vormaligen St.-Georgs-Klosters Dienst taten. So eng die Verhältnisse im Gäßchen auch waren, die Not gebot selbst die niedrigen Stuben im Oberstock an sogenannte Bettgeher zu vergeben, die dort kaum aufrecht sitzen konnten.

Mit dem Regierungsantritt Kaiser Franz Josephs I. war wieder Bewegung in das Gassenleben gekommen. Nur wenige Schritte weiter residierte ja der abgedankte Kaiser Ferdinand, genannt der Gütige, mit seiner Frau. Verständlich, daß man nach Beseitigung der schreiendsten Übelstände trachtete. So wurde das dumpfe, verfallene und übelriechende Gäßchen 1864 einer gründlichen Sanierung unterzogen, was etwa in der *Prager Zeitung* mit großer Zustimmung quittiert wurde.

Zugänge und Treppchen zu den winzigen Kellergeschoßen und Dachböden. Ein Verzeichnis aus dem Jahre 1599 führt insgesamt 16 Losumente an, die jedoch von Anfang an ungleich groß waren. Einzelne Eigentümer wußten sich wohl zwei oder gar drei dieser Nischen zu sichern, so daß größere Domänen entstanden. Die Gebäude mußten von den Torschützen auf eigene Kosten errichtet werden. Obwohl ihnen der Grund unter ihrem Besitz gar nicht gehörte, setzte bald ein reger Handel mit diesen Liegenschaften ein. Zunächst kauften und verkauften die Burgschützen die pittoresken Häuschen noch untereinander, bald aber erwarben auch Pförtner, Glöckner, Wächter und Handwerker aus dem Burgbezirk und endlich auch Bürger der anderen Prager Städte die kleinen Losumente.

Im Laufe der Jahrhunderte

Zu Beginn des 17. Jhs. befanden sich Häuschen des Goldenen Gäßchens auch westlich des Weißen Turms. Als der Orden der Benediktinerinnen 1657 den westlich des Weißen Turmes gelegenen Teil des Gäßchens kaufte und mit umfangreichen Umbauten des Klosters begann, war das Ende dieses Gäßchenflügels gekommen. Verständlicherweise waren die frommen Ordensdamen nicht erfreut von dem Getriebe und Gestank in dem Elendsviertel. Durch die beidseitige Bebauung war das arg verschmutzte Goldmachergassel stellenweise bis auf einen Meter verengt, zwischen den schiefen Hütten und Verschlägen scharten sich die Hühner, vor den Bruchbuden balgten sich schmutzige Kinder. In einigen Losumenten wurde Branntwein ausgeschenkt. Das Wasser mußte vom Georgsplatz herbeigeschleppt werden, einen eigenen Brunnen gab es noch im 18. Jh. genauso wenig wie einen eigenen Kanal, der die übelriechenden Fäkalien aufgenommen hätte. Die Bewohner teilten sich einen Abort, erst im 19. Jh. wurde eine weitere Trockentoilette eingerichtet. Die hygienischen Verhältnisse waren in jeder Hinsicht katastrophal.

Links: Jaroslav Šetelík, *Das Alchemistengäßchen*, um 1932.

Unten: Eine junge Dame hat vor dem Häuschen Nr. 24 Platz genommen, um 1910.

buntes Volk der Goldschmiede, Schuster, Schankwirte oder Köche die Burgstadt, sowie „hofprediger, destillirer, puchsengiesser, uhrmacher, taffeldekker, wachtmeister, silberdiener, landtschreiber, futtralmacher, kürschner, schneider, stallknechte, muschkatirer, cancelisten, glöckner" und was auf dem Hradschin an Professionisten sonst noch gebraucht wurde.

Als das Korps der rotgekleideten Burgschützen im Zuge der josephinischen Reformen unter dem Kommando ihres Hauptmannes Ernst Schischka von Jarmolitz [Arnošt Šiška z Jarmolic] um 1782 aufgelöst wurde, verschwand der ehrwürdige Stand aus dem Straßenbild der Burgstadt. Die Männer durften aber in ihren Wohnstätten verbleiben und nach ihrem Privilegio „auf freier Hand" in ihren zivilen Berufen weiterwerkeln.

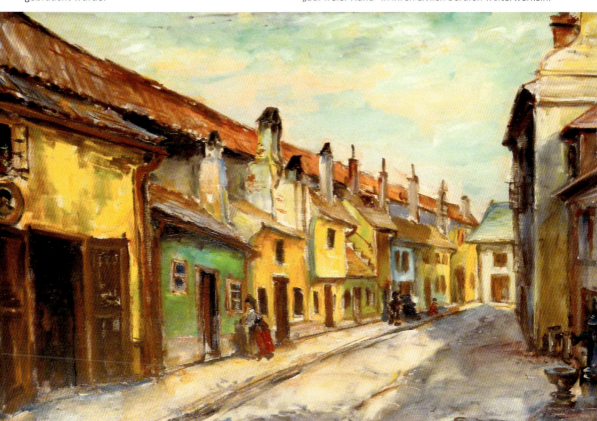

Beschreibung der einzelnen Häuschen

Die im Folgenden auf Papierhintergrund vermerkten Angaben beziehen sich auf die *Beschreibung aller Heußer und Zimmer im Königlichen Prager Schloß* aus dem Jahre 1620, in der die Namen der damaligen Bewohner, deren Berufe sowie Wohnverhältnisse vermerkt sind.

Die einzelnen Häuschen werden heute generell unter den amtlichen Konskriptionsnummern geführt, die in historisierender Manier über den Eingangstüren aufgemalt sind. Auf älteren Fotos ist oft ein Paar von Emailtafeln mit divergierenden Hausnummern zu sehen, wobei die weiße Nummer auf rotem Grund die Konskriptionsnummer angibt, die weiße Nummer auf blauem Grund die Orientierungsnummer im Gassenverlauf. Letztere ist in der nachfolgenden Beschreibung der Konskriptionsnummer in Klammern beigestellt. Es sei darauf hingewiesen, daß sich die Hausnummern im Laufe der Jahrhunderte änderten, so das etwa das Kafka-Häuschen in der *Beschreibung aller Heußer und Zimmer im Königlichen Prager Schloß* mit der Nummer 47 aufgelistet ist.

Die Abkürzung N: vor der Ziffer steht für den deutschen Terminus Nummer, č. p. ist die Abkürzung von *číslo popisné* (Konskriptionsnummer in Tschechisch).

Beschreibung aller Heußer und Zimmer im Königlichen Prager Schloß

Im Goltschmidtgäßerl, An der maur untern gang
Seindt wir zu sehen geschlossene Schwibbögen gewesen,
so hernacher den thorschuzen zu cammern undt wohnungen zu
gebrauch bewilligt, undt verkaufft worden sein sollen
undt werden an iezo wie volgt bewohnt als
Auf der rechten handt zu hinderst kegen den graben

Links: Karel Plicka, *Das Goldene Gäßchen*, vor 1954.

GOLDENES GÄSSCHEN NR. 12 (1)

No. 37
Mattes Mosers thorschuz
1 stubl keg uber 1 cammerl undt 1 kuchl
darinnen wohnt umb zhins Lorenz Weiß thorschuz

Das blaugrün bemalte Häuschen Nr. 12 aus der ersten Hälfte des 18. Jh. weist eine Wohnfläche von 26 Quadratmetern auf und hat insgesamt fünf Räume. Eine steinerne Stiege führt direkt vom Vorraum aus zu dem Gelände um den Daliborka-Turm. An der rechten Gebäudeseite gelangt man über einen öffentlich zugänglichen Stiegenabgang in den tiefer gelegenen Bereich rund um die Daliborka und zur östlichen Bastion der Burgbefestigung.

In diesem letzten Häuschen des rechten Gassensacks lebte in den 1920er Jahren für einige Zeit der tschechische Schriftsteller und Drehbuchautor Jiří Mařánek, der hier von seinen Freunden, den Dichtern František Halas, Vítězslav Nezval und Jaroslav Seifert besucht wurde. Letzterer widmete den vermeintlich im Goldenen Gäßchen wirkenden Alchemisten in seiner Gedichtsammlung *Světlem oděná [In Licht gekleidet]* einige Zeilen.

In dem Gäßchen erinnert heute eine szenische Einrichtung an Josef Kazda, den Begründer der tschechischen Verleihfirma Comedia-Film. Der Filmenthusiast und -sammler konnte während des Zweiten Weltkrieges zahlreiche Kopien alter Stumm- und Dokumentarfilme verbergen, die von den Okkupationsbehörden ausgereiht und zur Vernichtung bestimmt worden waren.

LINKS: Interieur des Häuschens Nr. 12 • RECHTS: Filmrollen erinnern an die von Josef Kazda sichergestellten Filmkopien.

GOLDENES GÄSSCHEN NR. 13 (2)

Das zu Beginn des 17. Jhs. errichtete Häuschen hat keine Verbreiterung zur Gasse hin und gehört deshalb zu den engsten Wohnzellen des Ensembles. Auf solche Weise hatte sich Kaiser Rudolph II. ursprünglich die Nutzung der ganzen Gasse vorgestellt. Das zweite Fenster über dem Eingang gehört bereits zum Wehrgang. Hinter der Holztür an der rechten Gebäudeseite verbarg sich die seinerzeit einzige Toilette des Gäßchens, die schon auf Plänen des 18. Jhs. eingezeichnet war. Der letzte Bewohner, der Postunterbeamte Jan Novák verkaufte das Häuschen 1931 „nach reiflicher Überlegung" und „mit gutem Beispiel vorangehend" für 22.000 Kronen an den Staat. Heute ist in diesem Häuschen die Nachbildung einer Kammer eines roten Torschützen eingerichtet.

Schlafstätte des Torschützen im Häuschen Nr. 13, unter der Pritsche seine typische rote Uniform.

FOLGENDE SEITEN: Farbillustration der 16 Häuschen des Goldenen Gäßchens von Lenka Filonenko.

No. 39
Hanß Mayern herrn schloßhaubtmans leibschuz,
1 stubl, 1 cammerlein undt keg uber 1 cammerlein

Nur der linke Teil der zwei Blindbogen einnehmenden Fassade dieses im 17. Jh. erbauten Hauses ragt mit einer Schrägung über die Wehrmauer vor. Noch ist das Hauszeichen mit den Insignien der einst hier tätigen Wahrsagerin Madame de Thèbes zu sehen: Karten, eine Eule sowie eine Wahrsagerkugel. Im Inneren des Gebäudes durchschreitet man zunächst die Küchen- und Wohnstube, dann folgt eine Art Salon der Wahrsagerin, die mit bürgerlichem Namen Matylda Průšová hieß und hier seit dem Sommer 1918 ihrem Gewerbe nachging. Mit Zustimmung der Burgverwaltung nutzte Matylda Průšová ab 1928 für eine Miete von 120 Kronen den zugehörigen Abschnitt des Verteidigungsganges als kleines Dachzimmerchen. Průšová könnte hier ihre Kundschaft empfangen haben.

Průšovás bombastischer Künstlername war gewiß mit Bedacht gewählt, denn an der Seine hatte eine Expertin in Sachen Vorhersagen unter diesem Namen große Karriere gemacht – Madame de Thèbes, die Pythia von Paris. Auch ihre Epigonin an der Moldau brachte es unter diesem Pseudonym zu einigem Ruhm. Die tschechische Madame de Thèbes trug aufgestecktes Haar und meist ein schwarzes Seidenkleid. Zu ihrem theatralischen Gehabe paßte eine schwarze Katze, die sich im Häuschen herumtrieb. Ihre größte Spezialität war neben dem Kartenlegen die Zukunftsvorhersage mittels einer Kristallkugel. Ihre Weissagungen soll sie mit köstlicher Ironie verknüpft haben. Madame de Thèbes empfing ihre Klienten von 10 bis 14 Uhr und von 16.30 bis 19.30 Uhr, was in der Zeitung verkündet wurde. Sie betonte, daß ihre Vorhersagen auf astronomischer Berechnung beruhten, um dem Geruch der Scharlatanerie zu begegnen. Schon am Eingang zum Gäßchen verwies eine Emailtafel auf ihre Klause, die sich weiter hinten im rechten Gassenflügel befand. Matylda Průšová war die Witwe nach einem Apotheker und hatte einen Sohn, und hier betreten wir den Bereich der

Legende, den sie über alles liebte. Schweren Herzens nahm sie von ihm Abschied, als er während des Ersten Weltkrieges zu den Waffen gerufen wurde. Da er wie so viele seiner Generation nicht vom Krieg heimkehrte, begann für die Mutter ein qualvolles Bangen und Hoffen. Daß er eines Tages wieder an ihrem Tische sitzen würde, daran glaubte sie felsenfest, weshalb die liebende Mutter täglich den Tisch deckte und allabendlich das Bett aufbettete. In diesem Punkte irrte die Wahrsagerin. Ihr Sohn kehrte nicht wieder.

Im März 1919 schrieb die Witwe Průšová an den erst seit wenigen Monaten amtierenden Präsidenten Masaryk einen Brief, in dem sie ihm voll kindlichen Vertrauens eine beinahe rührende Bitte unterbreitete: Der Herr Präsident möge doch seine Erlaubnis dazu erteilen, daß die schon zu hoch gewachsenen Bäume vor ihrem Fenster zum Hirschgraben zurückgeschnitten werden dürften, da sie für die Arbeit, die sie mit ihren zarten Händen zu verrichten habe, Tageslicht bräuchte. Man möchte hoffen und glauben, daß Masaryk dem Wunsch der Frau entsprochen hat.

In der Tageszeitung *Lidová demokracie* erschien am 6. Jänner 1971 ein später Nachruf an die Wahrsagerin aus dem Goldenen Gäßchen: „*Das Zimmerchen, das man direkt von der Straße betrat, war durch zahlreiche bizarre Dinge interessant. An den Wänden nisteten geschnitzte hölzerne Schwalben, über ihnen erhob sich ein hölzerner Adler, in der Kredenz standen Waldsteinische Humpen und Soldaten. Die Figürchen eines Männleins mit einem Weiblein hinter dem Fenster zeigten das Wetter an, und eine Stutzuhr schlug silbern die Zeit an, in deren Vergänglichkeit viele von jenen hierherkamen, die eine Antwort auf die Frage zu wissen verlangten, ‚wo geht ihr hin, was tretet ihr mit Füßen, was seht ihr nicht, wonach sehnt ihr euch, wovon wißt ihr nicht, was erfahrt ihr, ganz genau und ganz sicherlich‘. Zwei ausgestopfte Eulen am Sekretär waren die verschwiegenen Zeuginnen der hellseherischen Untersuchungen. Sie schickte sich zu denselben, wie sie behauptete mit Verantwortungsbewußtsein, ohne Scharlatanerie, an. Sie stammte angeblich aus einer hellseherischen Familie, war Witwe nach einem Apotheker, der auch Philosophie studiert hatte, und der Blick in menschliche*

Schicksale war für sie ein Requisit des psychologischen Schrittes zum Menschen. Den Erfolg ihrer Verheißungen bestätigte eine reiche Korrespondenz von seiten dankbarer Klienten, die ihr bis aus Kapstadt oder aus Finnland und Seeland schrieben."

Auch der Verleger Štorch-Marien, der ein paar Jahre das Häuschen Nr. 22 gemietet hatte, hinterließ eine Erinnerung an die Wahrsagerin Madame de Thèbes:
„Eines Tages kehrte ich spät aus der Stadt zurück. Der Mond schien klar, der Wind pfiff, die Uhr zeigte Mitternacht. Ich bog in die Goldene Gasse ein, und

Madame de Thebes
wieder in Prag. Wissenschaftl.
Wahrsagerin von 10—2 und ½5
bis ½8. Hradčany, U Daliborky
Nr. 4.   7230

dort sah ich eine phantastische Gestalt, die schweren Ganges von einer Seite zur anderen schwankte, von Kopf bis Fuß bekleidet mit einem schweren, schwarzen Mantel; vom breiten Hut wehten groteske Straußenfedern. Es war Frau Průšová, die offenbar so spät von einem Besuch zurückkehrte."
Madame de Thèbes' Spuren verlieren sich in den dunklen Jahren des Krieges. Dem Reichskanzler hatte sie ein unrühmliches Ende vorausgesagt, nun ging sie selbst vor der Erfüllung dieser Prophezeiung heim. Die damals schon betagte Dame wurde angeblich nach einer Anzeige von der Gestapo verhört und verstarb nach der rohen Behandlung.
Als letzter privater Eigentümer des Häuschens nach Matylda Průšová scheint ein gewisser František Weyr auf, der einstige Besitzer des Hotels Ambassador auf dem Wenzelsplatz. Weyr verließ das Land nach dem kommunistischen Umsturz im Februar 1948 und emigrierte über Wien nach Monte Carlo und Paris. Von den Behörden sah sich der Hotelier als „typischer Kapitalist" geschmäht, der „keine positive Einstellung zur Errichtung eines volksdemokratischen Staates" habe. Erschwerend kam hinzu, daß sein Bruder Programmdirektor für die tschechische Sektion des illegalen Radios Freies Europa war. Weyr mußte es hinnehmen, daß sein Häuschen 1954 von den kommunistischen Behörden enteignet wurde.

LINKS: Hauszeichen auf dem Häuschen Nr. 14 • OBEN: Eine Anzeige im *Prager Tagblatt* aus dem Jahr 1932 mit den aktuellen Besuchszeiten.

GOLDENES GÄSSCHEN NR. 15 (6)

Das kleine Häuschen Nr. 15 mit dem Doppelkamin gehört zu den ältesten Objekten im Goldenen Gäßchen, es wurde vermutlich schon zu Beginn des 17. Jahrhunderts errichtet. Im Vorraum des Hauses befand sich rechts eine offene Feuerstelle. Zur linken Hand führt eine Leiter in den niederen Oberstock. Gegenwärtig sind in dem Gebäude die Nachbildung einer Werkstatt sowie die Wohnung eines Goldschmiedes zu sehen, wie sie in der Frühzeit des Goldenen Gäßchens bestanden haben könnte.

GOLDENES GÄSSCHEN NR. 16 (8)

Im Bereich dieser aufgestockten Wohnstube aus dem beginnenden 17. Jahrhundert ist die Wehrmauer verstärkt, so daß eine kleine Kammer zum Hirschgraben hinaus entsteht. Die letzten Besitzer verkauften das Objekt im Oktober 1950 an den Staat.

Heute ist hier eine Schankstube eingerichtet, wie es solche über Generationen hinweg wohl auch im Burgbezirk gab. Nach einem Verzeichnis aus dem Jahr 1653 war um die Mitte des 17. Jahrhunderts jedes siebente Gebäude in Prag eine Schenke.

No. 42
Wazlaw Slezansky
1 stubl

No. 43
Adam Mirowsky gewesten thorschnz wittib
1 stubl 1 camrl, undt 1 kuchl keg uber 1 cammer

Das zweistöckige Häuschen stammt aus dem 17. Jahrhundert. Im Vorraum links steht der Küchenkamin, rechts öffnet sich eine Falltür in den Kellerraum. Wertvoll ist die kunstvoll bemalte Balkendecke aus der Erbauungszeit. Der Oberstock ist nur vom Wehrgang aus zu betreten.

Nach dem Ableben der kinderlosen Witwe Maria Bílková, der das Häuschen seit 1906 gehörte, bemühte sich ein Angehöriger der Burgwache, die Liegenschaft von den Erben zu kaufen. Schließlich machte die Burg 1955 ein bestehendes Vorkaufsrecht geltend und erwarb das Häuschen.

Das sich über zwei Arkaden erstreckende Doppelhäuschen aus dem 17. Jahrhundert ist eines der „Paläste" des Gäßchens. Im engen Vorraum ist eine Falltür ins Souterrain eingelassen, eine Holztreppe führt in den Oberstock.

Wie im ganzen Gäßchen hatten auch in diesem Häuschen zahlreiche Kinder ihr Heim, deren Gesundheit durch die beengten Wohnverhältnisse, den Mangel an Sonnenlicht sowie das Fehlen jeglicher Grünfläche höchst gefährdet war. Ärztliche Hilfe gab es für die meist sehr armen Bewohner wohl nur in den seltensten Fällen. Wie wir aus den Matriken ersehen, starb in dem Häuschen Nr. 18 im Mai 1904 die zweijährige Tochter eines armen Dienstmädchens Marie Chocholoušová an einer Bronchitis. Der selben Todesursache erlag ein Jahr später der drei Monate alte Arbeitersohn Karel Wottik. Am Neujahrstag 1906 wurde hier dessen vierjährige Schwester Žofie Opfer einer Hirnhautentzündung.

Als letzte Eigentümer dieses Gebäudes scheinen die Gebrüder Jaroslav und Josef Tachezi auf, die das Häuschen von ihrem Vater Josef geerbt hatten. Jaroslav Tachezis Hälfte wurde von der Burg angekauft, der Anteil seines Bruders wurde gemäß Präsidialdekret Nr. 33 aus dem Jahre 1945 konfisziert, da sich Josef während der Protektoratszeit in einem „Fragebogen zur Feststellung der deutschen Volkszugehörigkeit" als Deutscher bekannt und einen deutschen Ausweis entgegengenommen hatte.

LINKS: Karel Hruška, *Häuschen Nr. 17*, 1998. • RECHTS: Historisch bemalte Balkendecke im Häuschen Nr. 17.

Ferdinand Engelmüller, *Das Goldene Gäßchen*, Beginn des 20. Jahrhunderts.

No. 44
Georg Cizeck thorschuz
1 stubl

Das einstöckige Häuschen aus dem 17. Jahrhundert gehört zu den kleinsten Objekten im Gäßchen. Das schöne Dachfenster läßt vermuten, daß der Dachboden als vollwertiger Wohnraum genutzt wurde. Im Inneren des Gebäudes lugt deutlich jene Arkadenmauer hinter einer ausgesparten Putzlücke hervor, unter deren Schutz sich über viele Generationen das Goldene Gäßchen entfaltete.

Vor 1894 lebte hier der Glöckner des Veitsdoms Bedřich Müller, danach Eduard Glück, der Gehilfe eines Müllermeisters. Gegen Ende des Ersten Weltkrieges hielt sich hier eine Familie namens Kočí auf, von deren Existenz nur mehr die Sterbematriken wissen. So erlag in dem Häuschen am 10. Juli 1918 der einjährige Sohn Josef Kočí einem Tuberkuloseleiden.

Als letzte Besitzerin scheint die Prager Deutsche Gertrude Nostitz-Rieneck auf, deren Eigentum nach dem Krieg konfisziert wurde. Heute hat in dem Häuschen die Olga-Havlová-Stiftung Výbor dobré vůle (Fonds des guten Willens) ihre Heimstätte, die hier Erzeugnisse behinderter Menschen verkauft.

Das Häuschen Nr. 19 um 1930.

No. 45
Wazlaw Wrzowsky thorschuz
1 stubl

In diesem Häuschen eines Torschützen aus dem Anfang des 17. Jahrhunderts mit seiner sehr niedrigen Tür hat sich im Vorraum links ein schöner Kamin erhalten, rechts führt eine hölzerne Treppe in den Oberstock. Von technischer Raffinesse zeugt die hölzerne Rinne, mit der das Regenwasser auf das Dach des Nachbarhauses abgeführt wird.

Vor 1894 soll in dem Haus eine arme Frau gelebt haben, die sich durch Bettelei durchs Leben brachte. Ihr Name ist nicht bekannt. Vor dem ersten Weltkrieg wohnte hier ein Musikant namens Bedřich Zoubek.

Als letzte Besitzerin und Bewohnerin scheint eine gewisse Miroslava Hájková in den Akten auf, die Witwe von František Hájek, einem Hilfsangestellten im Außenministerium. Auch Miroslava Hájková ließ Touristen für einen kleinen Obulus in den Hirschgraben blicken, wie eine Tafel an der Fassade verhieß.

Auch dieses Gebäude wurde von der Burgverwaltung in den 1950er Jahren für das damals geplante Museum erworben.

Das Häuschen Nr. 20, Foto um 1995.

No. 46
Georg Landtvoigt
1 cammerl

Zu Ende des 19. Jahrhunderts stand das etwa acht Quadratmeter große, zweistöckige Häuschen im Besitz von Václav und Františka Roubal, deren Sohn, der Handschuhmachergehilfe Otokar Roubal, 1895 die 25jährige Františka Šofrová aus Kaunitz bei Böhmisch Brod [Kounice u Českého Brodu] ehelichte, die später als Kafkas Vermieterin von Interesse ist. Otokar starb 1910 nach 15 Jahren Ehe. Die drei noch minderjährigen Kinder erbten die eine Hälfte des Hauses, Witwe Františka erhielt die zweite. Ihren Lebensunterhalt bestritt die Witwe fürderhin als Wäscherin und Küchenhilfe sowie durch Strickarbeiten. Am 29. September 1913 trat Františka ein zweites Mal vor den Traualtar. Diesmal heiratete sie den verwitweten Nachbarn Bohumil Michl, einen Lithographen aus dem Häuschen Nr. 22.

Ein weiterer Bewohner des Häuschens Nr. 21 ist im Zusammenhang mit Franz Kafka interessant. Seit April 1916 wohnte hier ein gewisser Dr. Felix Knoll zur Miete, über den Nachbar Kafka am 8. Dezember 1916 an seine Verlobte Felice schrieb: „Letzthin stand um diese Zeit mein Nachbar (Dr. Knoll) mit einer Düte Nikolozuckerzeug mitten in der Gasse wo er auf die Kinder der Gasse wartete."

Am 16. Mai 1917 verfaßte Dr. Knoll für die Tageszeitung Bohemia einen Dialog, in dem er einem fiktiven Journalisten Einzelheiten über die Verhältnisse im Goldenen Gäßchen schilderte: „‚Aber eng – eng – erdrückend eng und niedrig!'
‚Dafür kennt man in diesen heiligen Hallen die Kohlennot nicht. Bei der strengsten Kälte genügen 3 bis 4 Schaufeln Kohlen. Im Zeitalter des Petroleums besorgte häufig meine Tischlampe auch die ganze Beheizung. Umgekehrt steht es mir hier zu jeder Minute frei, sämtliche Räume meines Hauses auf einmal vom Winde ganz und gar durch und durch fegen

zu lassen. Nennen Sie mir in der weiten Welt noch einen Hausbesitzer, der sich so etwas erlauben dürfte. [...] Sie haben hier eine geradezu himmlische Aussicht!'
‚Beachten Sie vor Allem das alte Belvedere in seiner höchstmalerischen Kontrastwirkung: im Junggrün der Bäume, das Altgrün des Kupferdaches. Überhaupt schwelge ich hier im Feudalsten, was man an Naturgenuß haben kann. Da unten im Hirschgraben darf durchaus gar niemand promenieren – da drüben im Kaisergarten nur der Statthalter und der Erzbischof. – Dieselbe paradiesische Ruhe auch hier im Hause. Niemand über – niemand unter mir. – Und noch etwas, weshalb ich sogar den Neid der ewigen Götter fürchten muß: Ich bin hier mein eigener Hausmeister!' [...]
‚Nationale Gegensätze schweigen hier ganz. Eine Tugend wohnt hier, die sie vergeblich in den Vierteln der Reichen suchen werden – die Nachbarsfürsorge. Wie es irgendwie und irgendwo irgend etwas zu kaufen gibt, erfahre ich es sogleich – durch Nachbarsfürsorge. Überhaupt zählt man mich hier, trotz aller respektvollen Entfernung ganz offensichtlich mit zu der einen großen Alchimistenfamilie. – Diese Rute brachte mir der Nikolo. – Da auf die Tür schrieb man mir mit geweihter Kreide die heil. 3 Könige an. – Hier ergatterte man sogar einen vom Erzbischof selbst geweihten Palmzweig für mich. Und da ich die Melodie und den Rhythmus der so ungemein erfindungsreichen böhmischen Volkslieder mit so starkem Wohlgefallen anhöre, sammelt sich des Abends gar oft ein sangesfrohes Häuflein um mich – Klein und Groß – Jung und alt – wie es gerade kommt.'"

OBEN LINKS: Das Goldene Gäßchen in den 1990er Jahren.

OBEN RECHTS: Jaro Procházka, *Das Goldene Gäßchen im Schnee*, 1. Hälfte des 20. Jahrhunderts.

UNTEN LINKS: Die wenigen Sonnenstunden auf einem Stuhl vor dem Haus auskosten. Typische Gäßchenszene, nach 1914.

UNTEN RECHTS: Aquarell von Karel Hruška, *Das Häuschen Nr. 21*, 1998.

No. 47
Wolff Ginderman (oder Gunderman)
1 stubl

Die Disposition des aus dem 17. Jh. stammenden Häuschens wurde zu Ende des 19. Jahrhunderts stark abgeändert. Durch eine neue Wand wurde damals ein Vorraum geschaffen, zum Gäßchen hin ließ man ein Fenster einstemmen. Über eine klassizistische Flügeltür gelangt man in den Hauptraum, von dem aus sich ein Blick in den Hirschgraben bietet und wo zur benachbarten Nummer 21 hin ein Ofen stand. Hinter der Tür links vom Eingang führt eine hölzerne Treppe hinauf zum winzigen Dachboden, der in Kafkas Zeiten durch eine Dachgaupe beleuchtet war. Von hier aus erreichte man über ein einfaches Podest den Kamin. Durch eine weitere Tür und über eine steile Steintreppe gelangt man in den Keller, der sich in die spätgotischen Blindbogen hineinwölbt. Das Häuschen war um 1916 Eigentum des verwitweten Lithographen Bohumil Michl, verehelicht mit der seit 1910 verwitweten Františka Roubalová, geb. Šofrová. Auch hier spielten sich

DIESE SEITE LINKS OBEN: Der Dachboden des Kafka-Häuschens Nr. 22 • LINKS UNTEN: Stiegenabgang und Kellergewölbe im Häuschen Nr. 22 • RECHTS: Kafka und seine Schwester Ottla, um 1914.

„Ottla scheint mir zuzeiten so, wie ich eine Mutter in der Ferne wollte: rein, wahrhaftig, ehrlich, folgerichtig, Demütigkeit und Stolz, Empfänglichkeit und Abgrenzung, Hingabe und Selbständigkeit, Scheu und Mut in untrüglichem Gleichgewicht."

Franz Kafka an seine Verlobte Felice, am 19. Oktober 1916.

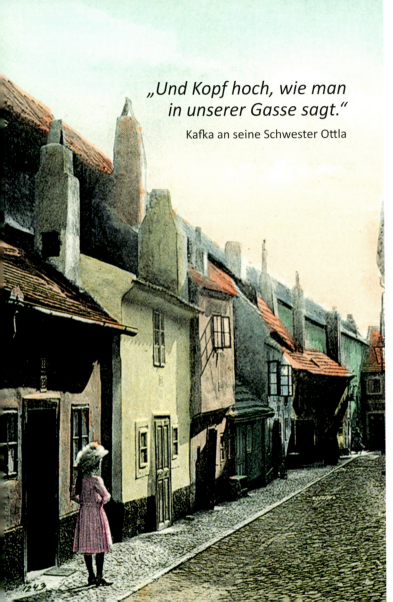

> „Und Kopf hoch, wie man
> in unserer Gasse sagt."
>
> Kafka an seine Schwester Ottla

Tragödien wie in den Nachbarhäuschen ab, so etwa am 1. Oktober 1914, als Bohumila, die gemeinsame Tochter des Ehepaares, im Alter von zwei Jahren starb. Nach dem Hinscheiden ihres Mannes 1928 dürfte Frau Michlová allein in dem Häuschen verblieben sein.

In diesem wohl bekanntesten Häuschen der Gasse ist zu Ehren seines prominenten Bewohners, des damals ca. 33jährigen deutschjüdischen Schriftstellers und Versicherungsjuristen Dr. Franz Kafka, eine Buchhandlung eingerichtet.

Um die Mitte des Jahres 1916 suchte der damals breiteren literarischen Kreisen noch völlig unbekannte Franz Kafka nach einem ruhigen Ort zum Schreiben. Mit seiner Lieblingsschwester Ottla begab er sich zu diesem Zweck auch ins Goldene Gäßchen auf der Prager Burg: *„Im Sommer einmal ging ich mit Ottla Wohnung suchen, an die Möglichkeit wirklicher Ruhe glaubte ich nicht mehr, immerhin ging ich suchen. Wir sahen einiges auf der Kleinseite an, immerfort dachte ich, wenn doch in einem der alten Palais irgendwo in einem Bodenwinkel ein stilles Loch wäre, um sich dort endlich in Frieden auszustrecken. Nichts, wir fanden nichts Eigentliches. Zum Spaß fragten wir in dem* kleinen Gäßchen nach. Ja, ein Häuschen wäre im November zu vermieten. Ottla, die auch, aber in ihrer Art, Ruhe sucht, verliebte sich in den Gedanken, das Haus zu mieten. Ich in meiner eingeborenen Schwäche riet ab. Daß auch ich dort sein könnte, daran dachte ich kaum. So klein, so schmutzig, so unbewohnbar, mit allen möglichen Mängeln."

Da er es mehrfach bei seinen Spaziergängen aufgesucht hatte, war Kafka mit dem Gäßchen vertraut. Auch waren ihm die Ansichten des Malers Antonín Slavíček bekannt, der mindestens zwei Gemälde von dem Gäßchen angefertigt hatte. Am 21. Dezember 1912 schickte er seiner Verlobten Felice Bauer eine Ansichtskarte mit dem Motiv des Goldenen Gäßchens, mit der Mitteilung: *„Eben mache ich mich zu einem so*

ungeheuren Spaziergang bereit, wie ich mich nicht erinnern kann, ihn seit Wochen gemacht zu haben. Vielleicht wird er sogar eine Stunde dauern. Dann werde ich mir auch Mühe geben, dieses Alchymistengäßchen so wie es hier abgebildet ist, einmal auf und abzugehn." Im nächsten Jahr zeigte Kafka die Sehenswürdigkeit dem Wiener Dichter Albert Ehrenstein.

Ottla hatte das Häuschen ohne Wissen der Familie angemietet. Sie ließ ausmalen, im Vorraum Kleiderhaken anbringen und besorgte Rohrmöbel zum Sitzen. Kafka äußerte später, daß er keine bequemeren Stühle als diese kenne. Da das Häuschen immer leer stand, überließ es Ottla dem Bruder gerne, als der die stille Stube einmal für einige Tage zum Schreiben nutzen wollte. Die junge Frau kam gelegentlich

mittags in Gäßchen, machte die Fenster auf, nahm die Asche aus dem Ofen und heizte für den Bruder ein. *„Ein Fenster lasse ich, solange ich hier bin offen",* schrieb sie ihrem Mann am 27. November 1916, *„weil der Ofen doch noch ein wenig raucht. Ich heize für den Franz, weil er am Nachmittag herkommen will."* Sonst war Ottla selten da, sie kam hie und da mittags in das Gäßchen oder sonntags bis sechs Uhr am Abend. Wiederholt trafen die Geschwister im Gäßchen zusammen, so etwa am 24. November 1916, als Kafka seiner Schwester ein Exemplar der soeben erschienenen Erzählung *Das Urteil* auf den Tisch legte, mit der Widmung *„Meiner Hausherrin".*

Kafka schätzte die Stille in dem Häuschen, von der auch Ottla schrieb: *„Die Küche hat ein großes Fenster in den Hirschgraben, und außer dem Gesang der Vögel hört man gewiß nichts."*

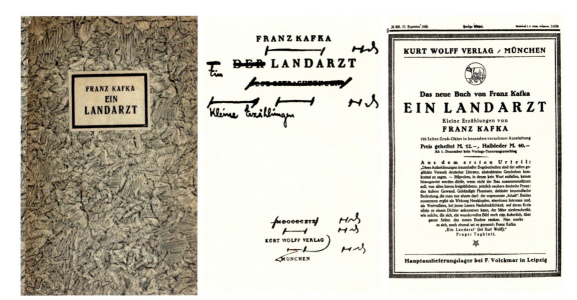

LINKE SEITE: Typische Ansicht des Gäßchens mit zum Trocknen ausgehängten Wäschestücken, ca. 1920er Jahre. • DIESE SEITE LINKS: Umschlag der Erstausgabe der zum Großteil im Goldenen Gäßchen entstandenen Erzählsammlung *Ein Landarzt.* • MITTE: Kafkas Korrekturen in den Druckfahnen zu *Ein Landarzt.* • RECHTS: Verlagsanzeige des Kurt Wolff Verlages zum Erscheinen der kleinen Erzählungen *Ein Landarzt* im *Börsenblatt des deutschen Buchhandels.*

Natürlich kam auch Max Brod ins Gäßchen, dem der Freund am 11. Februar aus seinen Texten vorlas. In sein Tagebuch vermerkte Brod: *„Bei Kafka in der Alchymistengasse. Er liest schön vor. Klosterzelle eines wirklichen Dichters."* Zu den Besuchern Kafkas im Alchimistengäßchen gehörte ferner der blinde Dichter Oskar Baum, dem der qualmende Ofen und die herrschende Stille in Erinnerung blieben.

„Es hatte viele Mängel des Anfangs, ich habe nicht Zeit genug, um die Entwicklung zu erzählen. Heute entspricht es mir ganz und gar. In allem: der schöne Weg hinauf, die Stille dort, von einem Nachbar trennt mich nur eine sehr dünne Wand, aber der Nachbar ist still genug; ich trage mir das Abendessen hinauf und bin dort meistens bis Mitternacht; dann der Vorzug des Weges nach Hause: ich muß mich entschließen aufzuhören, ich habe dann den Weg, der mir den Kopf kühlt. Und das Leben dort: es ist etwas Besonderes, sein Haus zu haben, hinter der Welt die Tür nicht des Zimmers, sondern gleich des Hauses abzusperren; aus der Wohnungstür geradezu in den Schnee der stillen Gasse zu treten. Das Ganze zwanzig Kronen monatlich, von der Schwester mit allem Nötigen versorgt, von dem kleinen Blumenmädchen (Ottlas Schülerin) so geringfügig als es nötig ist bedient, alles in Ordnung und schön."

„Ich lebe in Ottlas Haus. Jedenfalls besser als jemals in den letzten zwei Jahren. Kleine Verbesserungen werden noch aus-geführt und so nähert sich die Unterkunft von ferne der Voll-kommenheit. Erreichen wird sie sie nicht, denn vollkommen wäre dort nur die Nachtwache. So aber gehe ich zu Beginn der schönen Zeit nach Hause, zuerst um 8, später um ½ 9, jetzt auch nach 9. Sonderbar wenn man in dieser engen Gasse unter Sternenlicht sein Haus versperrt."
Kafka an Felice, 8. 12. 1916

„Ich lebe weiterhin in dem Häuschen, werde aber die Zeit doch anders einteilen und tiefer in den Abend dort sein".
Kafka an Felice, 9. 12. 1916

„Ich war zu lange oben bis ⅓3 etwa und habe dann keinen Augenblick geschlafen".
Kafka an Ottla, undatiert

Die Tage im Goldenen Gäßchen gehören zu Kafkas intensiv-sten Schaffensphasen. An diesem romantischen Ort entstan-den ab Spätherbst 1916 einige der kurzen Erzählungen, die 1920 in der Sammlung *Ein Landarzt* veröffentlicht wurden. Anfang Februar etwa begann er mit der Niederschrift der Geschichte *Schakale und Araber* ins Oktavheft B, um den 10. Februar entstand die Erzählung *Der neue Advokat*, die später den Kurzprosareigen in der Buchausgabe eröffnete. Vermutlich Mitte März schrieb Kafka im Gäßchen *Eine kaiser-liche Botschaft,* und zwischen dem 20. und 24. März 1917 *Elf Söhne*. Die im Februar 1917 verfaßte Erzählung *Der Kübelrei-ter* ist von der dezemberlichen Kohlennot in Prag inspiriert, hatte doch Ottla große Mühe, ihrem Bruder Kohlen für das Häuschen im Alchemistengäßchen zu besorgen. Noch im

Monat der Niederschrift dürfte Kafka dieses Stück seinen Freunden vorgetragen und damit auch den Anstoß zu der bekannten Zeichnung *Kafka liest den Kübelreiter* von Fried-rich Feigl gegeben haben.

Kafka pflegte die Abendstunden in dem Häuschen im Gol-denen Gäßchen zu verbringen, nachdem er die Arbeiten des Tages verrichtet hatte. Über Nacht konnte er in dem kleinen Raum freilich nicht bleiben, so ging er meist früh morgens oder gegen *„Mitternacht über die Alte Schloßstiege zur Stadt hinunter"* und kehrte über die damals noch neue Mánes-Brücke, die Ufergasse [Břehová] und die Josefstädter Gasse [Široká] in sein Zimmer in der Langegasse [Dlouhá] zurück. Zur Beleuchtung diente eine Petroleumlampe. Einmal, da er bis halbdrei Uhr nachts im Gäßchen geblieben war, hatte Kafka *„das Petroleum bis zum letzten Tropfen verbraucht"*, wie er Ottla mitteilte.

Im Keller lagerten die Geschwister Kohlen, Kafka beabsichtigte da ein Eisenbett mit einem Strohsack aufzustellen, um im Sommer im Gäßchen übernachten zu können. Am 26. Dezember 1916 schrieb Ottla ihrem Mann Josef David: *„Bis ½ 7 war ich allein in dem Häuschen. Nachher kam der Franz, ich brachte Kohle aus dem Keller, er leuchtete mir mit der Lampe hinunter. Ich blieb ein Weilchen mit ihm und hatte ihn so gerne, daß mit dem Gefühl ein unbeschreibliches Glück über mich kam. Er mußte dann beim Schließen der Tür, den Kopf heraus stecken und den Himmel ansehen, der mit den Sternen über diesem Gäßchen, das beste ist, das ein Mensch sehen kann. Das verlange ich immer von ihm, wenn ich weggehe, es sieht so hübsch aus, daß ich an das Bild die ganze Zeit nachher mit Freude denke.“*

Aus diesen Tagen berichtete Kafka einmal seiner Schwester Ottla: *„Nach Deinem Weggehn war ein großer Sturmwind im Hirschgraben, vielleicht zufällig, vielleicht absichtlich. Gestern habe ich im Palais verschlafen; als ich ins Haus hinaufkam, war das Feuer schon ausgelöscht und sehr kalt. Aha, dachte ich, der erste Abend ohne sie und schon verloren. Aber dann nahm ich alle Zeitungen und auch Manuskripte und es kam nach einiger Zeit noch ein sehr schönes Feuer zustande. Als ich es heute der Ruženka erzählte, sagt sie: mein Fehler wäre gewesen, daß ich keine Holzsplitter geschnitten habe, nur so bekommt man gleich Feuer. Darauf ich, hinterlistig: ‚Aber es ist doch kein Messer dort.‘ Sie unschuldig: ‚Ich nehme immer das Messer vom Teller.‘ Darum also ist es immer so schmierig und schartig, aber daß man Splitter machen muß, habe ich zugelernt.“*

In seiner 1972 erschienen Selbstbiographie *Tma a co bylo potom [Die Finsternis und was danach kam]* erinnerte sich der Verleger des Aventinum-Verlages Otakar Štorch-Marien an die Zeit vor dem Zweiten Weltkrieg, in der auch er Mieter des Häuschens Nr. 22 war. Štorch-Marien empfing in dem Häuschen einige seiner Freunde, darunter den Dichter Vítězslav

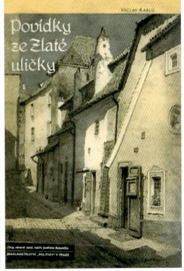

Nezval und den Fotografen Jaromír Funke. Auch Jiří Trnka, in den 1950er Jahren beauftragt, die Farben für die einzelnen Häuschen festzulegen, war zuweilen Gast bei dem Verleger. „Sie kennen ohne Zweifel das ‚Eingangs'-Häuschen mit dem schiefen, in das benachbarte Unterdach hineingewachsenen Giebel, mit dem Fenster im ersten Stock über dem ovalen Bild eines Schutzengels. Früher bot dort eine liebe Frau gegen ein kleines Entgelt die Möglichkeit, in den Hirschgraben hinauszuschauen, mich allerdings interessierte mehr das benachbarte Häuschen, das heute unpassend blau gestrichen ist, ursprünglich war es dunkelgrün, mit dunklen grünen Fensterrahmen, mit weißgrünen Türen und damals der Nummer 22 über dem oberen Türrahmen. Daß dieses Häuschen nicht nur ein ganz gewöhnliches war, erkannte ich erst später. An jenem Nachmittag erheischte ein bedrucktes Papier meine Aufmerksamkeit, das in sein größeres Fenster gesteckt war, vor dem Hintergrund vier roter Pelargonienstöcke, mit einer Mitteilung, die damals in Prag keine Seltenheit war: Hier ist ein Zimmer zu vermieten. Darunter war ungelenk hinzugefügt: Nachzufragen neben auf Nr. 21. Hier? Im Goldenen Gäßchen? Sollte das möglich sein?

Ich überlegte nicht lange und klopfte zitternd an der bezeichneten Tür. Eine nette, weißhaarige Frau kam mir öffnen, und noch bevor sie mich nach dem Grund meines Besuches fragen konnte, platzte ich gleich nach dem Gruß mit der Frage heraus, ob sie mir nicht das angebotene Zimmerchen zeigen könnte. Sie stimmte zu. Während sie aus einer Tischschublade den Schlüssel heraussuchte, betrachtete ich eilig das ganze Interieur, das aus einigen wichtigsten, zusammengedrängten Möbelstücken bestand und einem unter einer geblümten Überdecke hoch aufgebetteten Nachtlager, darüber zwei Farbdrucke, die Christus und die Jungfrau Maria darstellten. Daneben war noch irgendeine Fotografie. Es war sauber und aufgeräumt. In der zum Sträßchen hin gelegenen Fensternische befanden sich noch ein kleiner Herd sowie ein Regal mit Geschirr. Das einzige Stück höherer Herkunft war ein aus der Renaissance stammender Sitz mit vier geschnitzten Löwenköpfen an den Lehnen.

‚Die Miete ist fünfundzwanzig Kronen monatlich', informierte mich die weißhaarige Dame, noch bevor ich fragen konnte. ‚Der vormalige Mieter hatte eigene Möbel, also müssen sie es sich selbst einrichten, sollte ihnen das Zimmer gefallen.' Ich nickte zustimmend und betrat ungeduldig das kleine Vorzimmer, von dem aus sich der Raum eines leeren, niedrigen Zimmerchens mit einer verblaßten Blümchenmalerei und braungestrichenem, ausgetretenem Boden öffnete. Im rechten Eck war eine dicke, ausgebeulte und schiefe Wand und in einer wie ins Gäßchen hineinragenden Nische stand ein kleiner eiserner Herd mit einer in die Wand gesteckten Ofenröhre."

Hierher lud Štorch-Marien 1938 den Wiener Schriftsteller Erwin Weill ein, der nach dem Anschluß Österreichs unfreiwillig seine Heimat verlassen hatte. Dank der Unterstützung Štorch-Mariens konnte der deutschjüdische Emigrant unter verschiedenen Pseudonymen publizieren. Als Václav Karlů verfaßte Weil einen Geschichtenzyklus über das Goldene Gäßchen, der zuerst als sonntägliche Fortsetzungsgeschichte in einer Zeitung und 1940 als Buch im Verlag Politika unter dem Titel Geschichten aus dem Goldenen Gäßchen (Povídky ze Zlaté uličky) gedruckt wurde. Weills Wege verlieren sich 1942 in einem NS-Konzentrationslager in Lettland. In seinen Erinnerungen schilderte Štorch-Marien eindrucksvoll jene Nacht im Goldenen Gäßchen, als der deutsche Kanzler Adolf Hitler nach dem Einmarsch der Wehrmacht auf der Prager Burg weilte: „Das Gäßchen lag wie verlassen da, nur hie und dort drängte sich das gelbe Licht einer Petroleumlampe durch die vorgezogenen Vorhänge. Diese Nacht werde ich niemals vergessen. Ich zündete eine einzige Kerze an, schob das Tischchen zur Seite und setzte mich mit schwerem Kopf zum Fenster in den Hirschgraben. Der Sturm tobte, brach Zweige ab, der Himmel war voller Wolken. Für einen Augenblick zeigte sich zwischen ihnen der Mond, sein Licht war totenbleich".

1941 mußte Otakar Štorch-Marien das Häuschen aufgeben, da Zweitwohnsitze wegen der herrschenden Wohnungsnot von den Protektoratsbehörden untersagt worden waren.

No. 48
Abrohamb Schön
1 stubl und 1 camrl

Das schräg verlaufende Treppenhaus zum Wehrgang hinauf bestimmt das äußere Erscheinungsbild des sich über zwei Blindbogen erstreckenden Häuschens aus dem 17. Jahrhundert. Ein besonderes Charakteristikum stellt das Hauszeichen Zum Schutzengel [U Anděla strážce] dar, ein hinter Glas gefaßter Farbdruck aus dem 19. Jahrhundert. Durch insgesamt drei Türen gelangt man ins Innere, ganz rechts geht es in den Oberstock hinauf. Im Vorraum markiert eine Klapptüre den Kellerzugang. Die beiden Haupträume im Erdgeschoß wirken bürgerlich gediegen und sind mit einfachen Stuckrahmen an der Decke aufgewertet.

Um 1900 gehörte das Häuschen dem Bäckergehilfen Václav Černý und dessen Frau Emilia, geb. Rendlová, die hier mit ihren Töchtern lebten. Sieben Jahre nachdem ihre eineinhalbjährige Tochter an einer Lungenentzündung gestorben war, mußten sie auch den Tod einer zweiten Tochter verkraften, der damals fünfjährigen Rosalie.

Von Emilia Černás Stube im Häuschen Nr. 23 konnten Besucher des Gäßchens für einen kleinen Betrag einen Blick in den sonst unzugänglichen und uneinsichtigen Hirschgraben werfen. Eine zunächst zweisprachige, nach dem Krieg nur mehr auf Tschechisch verfaßte Reklametafel machte Touristen auf diese Möglichkeit aufmerksam, wie zeitgenössische Fotos belegen. Auch Ansichtskarten konnten bei Frau Černá erworben werden. Nach der kommunistischen Machtübernahme schien diese Geschäftsidee wohl nicht mehr so erfolgversprechend, Černás Tochter Emilie veräußerte das Häuschen 1950 an die Kanzlei des Präsidenten der Republik.

Aquarell von Karel Hruška, *Das Häuschen Nr. 23*, 1998.

UNTEN: Die Besitzerin des Hauses Nr. 23, Frau Černá, besorgte ein Geschäftsschild, das später mehrfach erneuert wurde.

RECHTS OBEN: Die stolze Hausherrin läßt sich im Hauseingang ablichten. Noch ist kein Geschäftsschild über dem Eingang angebracht.

RECHTS UNTEN: Das Häuschen Nr. 23 um 1940, im Türstock wieder die mittlerweile gealterte Emma Černá.

RECHTE SEITE: Besucher verlassen Černás Haus, um 1950.

No. 49
Burian Stehlick thorschuz,
1 stubl undt 1 cammerl

Dieses im 17. Jh. errichtete Häuschen mit seinen niedrigen Tramdecken ist das einzige Domizil im Gäßchen, in das Wasser eingeleitet wurde, und zwar im Kriegsjahr 1942. Auch in diesem Häuschen ist im Vorraum links der Durchlaß zum Dachgeschoß sichtbar, rechts führt eine Treppe in den Keller. Nach dem Ersten Weltkrieg wohnte hier der Parkettarbeiter Václav Michl, der ältere Bruder des Bohumil Michl aus dem Häuschen Nr. 22. Václav Michl starb im Jänner 1928, sein Bruder im August des selben Jahres.

Als letzte Bewohnerin dieses Häuschens scheint die Witwe Božena Procházková in den Akten auf, die hier mit drei Kindern hauste. Am 15. Dezember 1945 ersuchte sie das Bauamt der Prager Burg, Strom in die zwei Räume ihres Häuschens zu verlegen. Es mache ihr Mühe, die Kinder morgens beim Lichte der Petroleumlampe für die Arbeit und die Schule fertig zu machen, zumal sie auch nicht über ausreichend Petroleum verfüge.

Heute ist in diesem Häuschen eine einfache kleinbürgerlichen Wohnung aus der Zeit der Ersten Republik eingerichtet („Das Haus der Frau Magdalena"), wie sie in dem einen oder anderen Häuschen im Goldenen Gäßchen ausgesehen haben mochte.

GOLDENES GÄSSCHEN NR. 25 (26)

No. 50
Jan Hainrich
1 stubl

Obwohl es keinen Oberstock aufweist, ist das winzige Häuschen Nr. 25 etwas höher als das benachbarte Objekt. Das Gebäude stammt aus dem 17. Jahrhundert. Die Holztür aus dem 19. Jahrhundert an der linken Gebäudeseite führt in den Keller. Im Vorraum hat sich noch der ehemalige Küchenkamin erhalten.

Von seinen früheren Bewohnern ist nichts bekannt. Das Häuschen wurde im Jahr 1950 von der Burgverwaltung aufgekauft.

GOLDENES GÄSSCHEN NR. 26 (28)

No. 51
Adam Kalhiewota
1 cammerl

Das winzige Häuschen aus dem 17. Jh. ist einstöckig und nicht unterkellert. Durch eine Luke rechts und über eine Leiter gelangten die Bewohner auf den Dachboden.

LINKS: Adolf L., *Partie aus der Burgstadt. Reste der Armen.* Blick in den linken Flügel des Goldenen Gäßchens (mit dem Weißen Turm) in einem altkolorierten Stahlstich aus dem 19. Jahrhundert.

RECHTE SEITE: Blick in das Häuschen Nr. 26 mit der Stube einer Schneiderin.

Von den Geschicken der Bewohner dieses Objektes ist nichts bekannt. Im Kriegsjahr 1942 wurden hier wie im Weißen Turm Ersatzwohnungen für Burgbedienstete eingerichtet, die auf Anordnung des Reichsprotektors den benachbarten Garagenhof räumen mußten.

Der heute hier eingerichtete Schauraum veranschaulicht die Wohnverhältnisse einer Schneiderin in ihrer kleinbürgerlichen Stube, die etwa zu Beginn des 20. Jahrhunderts für die Bewohner des Burgbezirkes kleinere Reparaturen und Maßarbeiten erledigte.

**No. 52
Elias Lohowsky 1 cammerlein**

Das Minihäuschen am westlichen Ende des Gäßchens stammt aus dem 17. Jahrhundert, wurde aber im 19. Jh. erneuert. Aus der Zeit dürfte auch die charakteristische Pseu-dorustika rund um die Eingangstür herrühren. Das Haus verfügt weder über einen Keller noch einen Oberstock. Über eine Dachluke gelangten die Bewohner auf den Dachboden. Die letzten Eigentümer, das Ehepaar Eduard und Alžběta Linhart sowie ihr Sohn Antonín verkauften das Häuschen 1955 an die Burg.

In diesem hintersten Häuschen des Alchemistengäßchens ist die Stube einer Kräuterfrau eingerichtet, wie sie im 17. und 18. Jh. auch im Gäßchen gewirkt haben könnte.

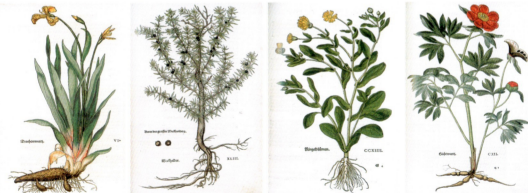

Linke Seite und diese Seite oben: Blick in das Häuschen Nr. 27 • Diese Seite unten: Klassische Heilkräuter aus dem wichtigen Kräuterbuch des Leonhart Fuchs. Von links: Drachenwurz (ACORUS), Wacholder (JUNIPERUS), Ringelblumen (CALENDULA), Gichtwurz (PAEONIA).

DER WEISSE TURM

Eng verbunden mit dem Goldenen Gäßchen ist der spätgotische Weiße Turm, der mit einer Höhe von 27 ½ Metern aus dem Hirschgraben aufragend die Gasse nach Westen zu beschließt. Die Bezeichnung bezieht sich auf den hellen Tonschiefer, aus dem der Turm nach 1486 von Benedikt von Ried errichtet wurde. Die Bauarbeiten an dem fünfstöckigen Gemäuer waren um 1522 abgeschlossen. Über den Wehrgang der nördlichen Burgmauer war der Weiße Turm mit dem östlichen Daliborkaturm verbunden.

Ursprünglich als Geschützturm der nördlichen Vorfeldverteidigung gedacht, wurde er ab etwa 1586 als Gefängnisturm genutzt. Die politischen Häftlinge waren auf den beiden obersten Stockwerken eingesperrt, von den Burgschützen mit allem nötigen versorgt. Im Erdgeschoß befand sich eine Folterkammer. Unter dieser lag ein Verlies, von dem die Verurteilten durch eine Falltür im Boden in ein weiteres enges und finsteres Loch hinabgelassen werden konnten, die Hungerkammer. Unmittelbar neben dem letzten Häuschen des Goldenen Gäßchens führt eine Wendeltreppe in den Unterstock. Das danebenliegende, durch eine Oberlichte erhöhte Renaissanceportal, ist der Zugang zum Erdgeschoß. Rechts wurde eine Art Gelehrtenstube der Renaissance eingerichtet, links weiter über steile Steinstufen abwärts gelangt man zu einem Alchemistenkeller.

Auf den Wänden im Inneren des Turmes findet sich eine Anzahl von Inschriften und Zeichnungen aus dem 16. und 17. Jahrhundert, die vermutlich von den hier einst Eingekerkerten stammen. Ein riesenhafter Reiter und ein auf einen Hirsch schießender Jäger haben sich in farbigen Darstellungen erhalten. Die Malereien sind der Öffentlichkeit nicht zugänglich.

Der Kerker im Weißen Turm diente als Gefängnis für Aristokraten und Geistliche, wie etwa im 16. Jahrhundert für den Bischof der Unität der Böhmischen Brüder Jan Augusta oder den streitsüchtigen Chronisten Václav Hájek von Libočany, der in einem Prozeß die Ehre des königlichen Hofes besudelt hatte und ohne Rücksicht auf seine hohe kirchliche Stellung in den Weißen Turm geworfen wurde. Erst nach Fürsprache hoher katholischer Würdenträger beim Kaiser wurde Hájek wieder auf freien Fuß gesetzt. In rudolphinischer Zeit saß der legendäre Alchemist Edward Kelley in dem dunklen Gemäuer ein.

Im Weißen Turm harrten die Adeligen der Böhmischen Stände ihrer Verurteilung, die zu Anfang des Dreißigjährigen Krieges den Aufstand gegen Ferdinand II. von Habsburg angezettelt hatten. Martin Fruwein aus Podol versuchte sich der Hinrichtung durch einen Sprung vom Dach des Weißen Turmes zu entziehen und bezahlte mit seinem Leben. Die Exekutionskommission veranlaßte die Ausführung der Strafe am Leichnam des Unglücklichen. In der Nacht auf den 21. Juni 1621 verließen die zum Tode verurteilten Delinquenten den Turm zu ihrer letzten Fahrt auf den Altstädter Ring.

Kaiser Josef II. ließ das Staatsgefängnis im Weißen Turm schließen. Der Turm wurde als Lagerstätte verwendet, war aber bis nach dem Zweiten Weltkrieg auch bewohnt. Vor dem Weißen Turm stand noch 1953 eine öffentliche Trockentoilette, die von den Bewohnern der angrenzenden Häuser benutzt werden konnte.

LINKS: Der Weiße Turm. Foto von Karel Plicka, 1. Hälfte 20. Jh.

RECHTS OBEN: Blick ins alchemistische Laboratorium im Weißen Turm.

RECHTS UNTEN: Nachbildung einer Folterkammer im Weißen Turm.

DER HIRSCHGRABEN

Nördlich der Wehrmauer senkt sich über dem Goldenen Gäßchen ein tiefer, heute baumbestandener Graben ein. Dieser Taleinschnitt des Bruskabaches grenzt den Burgberg ab von den Königlichen Gärten mit dem Lustschloß der Königin Anna und dem königlichen Ballhaus. Das Gelände trägt bis heute den Namen Hirschgraben, da hier schon im 14. Jahrhundert eine Hirschzucht betrieben wurde. Im Taleinschnitt tummelten sich Hirsche, Rehe und Wildschweine. Königliche Schützen sollen dieses Wild vom Spanischen Saal aus ins Visier genommen haben. Im Jahr 1741 wurde der gesamte Wildbestand im Bruskagraben von einer schießwütigen Soldateska niedergemetzelt. Nach 1918 wurde in dem Graben ein sibirischer Bär gehalten, den Legionäre dem Präsidenten Tomáš G. Masaryk aus Rußland mitgebracht hatten.

Vom Goldenen Gäßchen aus gab es keine Möglichkeit in den Hirschgraben hinabzusteigen, der ja königlicher Besitz war. Die Bewohner des Gäßchens mußten sich damit bescheiden, über den einst niedrigen Bewuchs hinweg auf das Königliche Sommerschloß Belvedere zu blicken, sowie auf das Ballhaus in den Königlichen Gärten. Zum Verdruß der Behörden wurde der Hirschgraben trotz strenger Verbote immer wieder vom Gäßchen aus mit Abfällen verunreinigt.

Matthias Wehli, *Hellebardenträger des 17. Jahrhunderts im Hirschgraben*, 1864.

Das Oberstburggräfliche Amt

Als Vertreter des Regenten während dessen Abwesenheit bekleidete der Oberstburggraf das höchste Amt des Königreiches. Mit umfassenden Vollmachten ausgestattet, oblag ihm auch die Gerichtsbarkeit auf der Burg. Sein von einem sgraffitogeschmückten Turm überragter Palast, dessen nördliche Außenmauern ans Goldene Gäßchen grenzten, galt als Trutzburg der Macht. An der zur Georgsgasse hin gelegenen südlichen Mauer der Anlage erinnern Wappensteine über dem Portal an bedeutende Inhaber des Amtes. Hinter vorgehaltener Hand erzählte man sich Schauerliches über das Geschehen hinter der Hofmauer, man raunte über die Verliese im Schwarzen Turm und über die Blutstiege, welche die Delinquenten zum Scharfrichter hinabstiegen. Auch der berühmte Ritter Dalibor von Kozojedy wurde 1498 im Hofe des Oberstburggrafenamtes enthauptet. Die Sage weiß von unterirdischen Gängen, von finsteren Grüften voller Gebeine.

Zum Gelände des Oberstburggräflichen Amtes gehört der im Kern im 12. Jahrhundert errichtete Schwarze Turm, der sich einst über dem östlichen Burgtor erhob, gesichert von einem Graben und einer Zugbrücke. Im 13. Jahrhundert wurde dieser Zugang nach Süden verlagert und das ursprüngliche Tor vermauert. Im 14. und 15. Jh. war der Turm wegen der von Karl IV. gestifteten vergoldeten Dachziegel als Goldener Turm bekannt, eine Pracht, die im Zuge der Hussitenunruhen verloren ging. Ein hölzerner Umlauf ermöglichte eine gute Aussicht auf das Vorfeld. In Friedenszeiten hielt der Turmwächter Ausschau, der in einem der drei Stockwerke seine Wohnung

Wappengeschmücktes Tor zum Oberstburggrafenamt, rechts der Schwarze Turm. Stahlstich, 19. Jh.

hatte. In Zeiten der Gefahr war der Turm mit Söldnern besetzt, die von hier aus die Burg verteidigten.

Unter König Wladislaw Jagiello wurden die Fenster des Turmes vermauert und die Wohnung des Turmwächters in Kerkerräume umgewandelt. Bei einem schweren Unwetter von einem Blitz getroffen, brannte der Turm am 10. April 1538 vollständig aus. Drei Jahre später wurde der wiederhergestellte Turm beim großen Feuer von 1541 erneut in Mitleidenschaft gezogen. Bald nannten die Prager das von Ruß gedunkelte Gemäuer nur mehr Schwarzer Turm.

DIE DALIBORKA

Von einem Durchgang an der rechten Seite des letzten Häuschens am östlichen Gäßchenende, dem Haus Nr. 13, gelangt man zum ursprünglich siebenstöckigen Batterieturm Daliborka, der nach einem Feuer 1781 nur mehr fünfstöckig wiederhergestellt wurde. Seitdem besteht die Verbindung zwischen Turm und Wehrgang nicht mehr.

Die weit in den Hirschgraben hinausragende Daliborka ist ein weiterer strategisch wichtiger Geschützturm der nordöstlichen Verteidigungslinie. Auch in diesem 31 Meter hohen Rundturm mit einem Kegeldach und stellenweise bis zu zwei Meter dikken Mauern wurden Verliese und tiefe, dunkle Kerker eingerichtet. Auf Fundamenten des 14. Jahrhunderts errichtet war der ab 1496 aufgemauerte Turm zunächst ein Gefängnis des Herrenstandes, jedoch saßen hier bald auch gewöhnliche Schwerverbrecher ein. An der östlichen Außenseite des Turmes, unter den Fenstern des unteren Kerkers, ließ Wladislaw II. Jagiello sein Monogramm „W" mit der Krone sowie der Jahreszahl 1506 setzen.

Die beiden oberen Stockwerke waren mit Treppen verbunden, die unterirdischen Stockwerke nur durch Öffnungen in der Decke, wobei die Eingekerkerten mit Flaschenzügen in die Tiefe gelassen wurden. Der kreisrunde Raum in der Eingangsetage ist mittels vier kleiner Fenster beleuchtet und von einer Balkendecke überspannt, das darüberliegende Obergeschoß ist nicht zugänglich.

Eine enge Wendeltreppe führt in den mächtigen Bauch des Turmungeheuers, wo nur wenig Licht durch eine kleine Fensteröffnung eindringt. Unter diesem Kerker befindet sich ein weiteres Verlies und darunter wieder die sieben Meter tiefe Hungerkammer, die „hladomorna", auch diese nur durch eine Öffnung im Fußboden zugänglich. Nur die schwersten Verbrecher dürften in das schmutzige Loch gesteckt worden sein.

Wie auch der Schwarze Turm stand die Daliborka unter der Verwaltung der Oberstburggrafenschaft. Als erster Eingekerkerter schmachtete Dalibor aus Kozojedy in dem Turm, der in einen Bauernaufstand im Leitmeritzer Kreis verwickelt war. Nach ihm sollte der Turmkoloß seinen Namen führen. Auf einer Geige, die sich Dalibor der Sage nach vom Kerkermeister hatte besorgen lassen, lernte der für zwei Jahre Eingekerkerte so meisterlich zu spielen, daß die Prager herbeiströmten, um den Klängen zu lauschen. Die Nachwelt prägte den Begriff vom böhmischen Paganini und ein bekanntes böhmisches Sprichwort lautet: „Die Not hat Dalibor das Geigen gelehrt". Die Wirklichkeit dürfte prosaischer gewesen sein. In der Marter soll Ritter Dalibor auf das mittelalterliche Folterinstrument gespannt worden sein, das man als Geige bezeichnete. Im Schmerz soll er das „Singen" gelernt, also ein Geständnis abgelegt haben. Die Gestalt des eingekerkerten Dalibor wurde mit der gleichnamigen romantischen Oper Bedřich Smetanas (1824–1884) allgemein bekannt, die 1868 im sogenannten Interimstheater in Prag uraufgeführt wurde. Auch der in der Musikwelt bekannte Theatergraf Franz Anton von Sporck, der Begründer des Heilbades im ostböhmischen Kuks, mußte nach Erbstreitigkeiten unfreiwillig drei Monate in der Daliborka zubringen.

Eine der letzten Gefangenen in der Daliborka war die schöne Marie Katharina Zahrádková, geborene Odkolková, die von ihren Eltern zur Heirat mit einem Ignaz Franz Zahrádka von Eulenfels genötigt worden war. Mißhandelt von ihrem gewalttätigen und um vieles älteren Gemahl, verabredete sie mit ihren Knechten, den Ungeliebten zu meucheln. An einem Dezembertag des Jahres 1731 wurde die skrupellose Tat, als Raubüberfall getarnt, ausgeführt. Die Mörder wurden bald gefaßt und ins Rad geflochten. Die schöne Marie Katharina verurteilte man zu lebenslanger Haft, die sie zunächst vier Jahre lang in der Daliborka verbüßte. Als sich da ihr Gemüt verfinsterte, wurde sie in ein Gefängnis in der Neustadt verlegt, wo sie in geistiger Umnachtung starb.

Von diesem Fall ergriffen, soll Kaiserin Maria Theresia das Gefängnis in der Daliborka geschlossen haben.

LINKS: Blick vom Sommerschloß Belvedere über den Hirschgraben auf die Daliborka (niedriger Rundturm) und den Schwarzen Turm (Quadratischer Grundriß mit Pyramidendach). • RECHTS: Blick in den Eingangsbereich der Daliborka.

Mehrere Autoren hat der sagenumwobene Daliborkaturm zu literarischer Gestaltung inspiriert, so etwa Rainer Maria Rilke oder auch Gustav Meyrink, der ihn in seiner *Walpurgisnacht* eindrücklich beschrieben hat: *„Voll Grauen blickte er zu dem Hungerturm hin, der mit seinem runden weißen Hut hinter der zerbröckelten Mauer aus dem Hirschgraben ragte. – Immer noch lebte der Turm, fühlte er dumpf – wie viele Opfer waren in seinem steinernen Bauch schon wahnsinnig geworden, aber immer noch hatte der Moloch nicht genug –, jetzt, nach einem Jahrhundert des Todesschlafes, wachte er wieder auf.*

Das erstemal seit seiner Kinderzeit sah er ihn nicht als ein Werk von Menschenhand vor sich – nein, es war ein granitenes Ungeheuer mit schauerlichen Eingeweiden, die Fleisch und Blut verdauen konnten gleich denen eines reißenden nächtlichen Tieres. Drei Stockwerke darin, durch waagrechte Schichten voneinander getrennt und ein rundes Loch mitten hindurch wie eine Speiseröhre, vom Schlund bis hinab in den Magen. – Im obersten hatte in alter Zeit Kerkerjahr um Kerkerjahr die Verurteilten langsam zerkaut, bis sie an Stricken hinuntergelassen wurden in den mittleren Raum zum letzten Krug Wasser und Brot, um dort zu verschmachten, wenn sie nicht vorher wahnsinnig wurden von dem aus der Tiefe hauchenden Fäulnisgeruch und sich selbst hinabstürzten zu den verwesenden Leichen ihrer Vorgänger."

Auch Friedrich Alfred Schmidt Noerr hat in seinem irrtümlich Gustav Meyrink zugeschriebenen Roman *Der Engel vom westlichen Fenster* den „Hungerturm" erwähnt: *„Dann in der Ferne, inmitten eines verwilderten Parkes die Daliborka, der uralte Hungerturm. Ich weiß nicht, wer mich hineinführt – ich glaube ein alter Mann mit einem Stelzbein. In eintönigem Singsang erzählt er mir, was ich schon so oft gehört habe: ‚Hier in diesem zwei Meter breiten lichtlosen Raum hat einst der Ritter Dalibor als Gefangener gelebt, bis er geköpft wurde. Mit einem eisernen krummen Nagel hat er im Laufe der langen Zeit eine tiefe Höhlung in die viele Ellen dicke Mauer gekratzt, um zu entfliehen. Es fehlte nur noch ein Fuß breit, da hat man es entdeckt und ihn zum Schafott gebracht. Und hier' – der Alte führt mich in einen kreisrunden Raum, in dessen Mitte ein Loch den Lichtschein der vergitterten Laterne frißt, wie ein Rachen der Erde – ‚hier oben, gnädiger Herr, waren die Gefangenen eingesperrt, die man zum langsamen Hungertod verurteilt hatte. Der letzte, sagt man, war die Gräfin Zahradka. Sie wurde schuldig befunden, ihren Sohn vergiftet zu haben. Später wurde ruchbar, sie hätte es getan, weil er einer teuflischen ketzerischen Sekte, genannt die ‚Asiatischen Brüder', angehört habe. Daraufhin wurde für ihre arme Seele eine Messe drüben im Dom gelesen und die Daliborka für alle Zeiten geschlossen.'"*

Linke Seite: Kolorierte Illustration der Dalibor-Sage aus Alois Jiráseks *Böhmens alte Sagen*: „Ergriffen lauschen die Prager bei dem Turm."
Rechts oben: Blick auf die Daliborka, in der Bildmitte der blind endende Wehrgang.
Rechts unten: Schematische Darstellung des Daliborka-Turmes. Links das Zugangsgemäuer mit der Treppe ins Hauptgeschoß des Turmes (1). Über eine enge Stiege gelangt man vom Hauptstock ins Kerkergewölbe (2), von dem aus Gefangene durch ein Loch im Fußboden in den flaschenartigen Kerker (3) hinabgelassen wurden. Das tiefste Verlies, ebenfalls nur über eine Deckenöffnung vom Flaschenkerker aus zugänglich, ist die *hladomorna* (4), der Hungerkerker ohne jedes Tageslicht. Farbillustration von Lenka Filonenko.

OBEN: Das Hauptgeschoß des Turmes mit kleinen Käfigen für die Gefangenen im Bereich der Fenster-öffnungen. Die Decke zum Obergeschoß ist heute nur mehr an den starken Trambalken erkennbar, das Obergeschoß ist unzugänglich.

RECHTE SEITE OBEN: Eine Eiserne Jungfrau symbolisiert die Schrecken der Folter im Daliborka-Turm. • RECHTE SEITE UNTEN: Ein Käfig für Gefangene, wie in der Daliborka üblich. • GANZ RECHTS: Das Einlaßloch, durch den Häftlinge per Seilzug in die Tiefen des Flaschenkerkers hinabgelassen wurden.

Quellenauswahl

Archiv der Prager Burg [Archiv Pražského hradu]

Binder, Hartmut: *Prag – Literarische Spaziergänge durch die Goldene Stadt*, Prag 2017.

Binder, Hartmut: *Kafkas Welt*, Reinbek bei Hamburg 2008.

Bohemia, verschiedene Jahrgänge.

Herold, Eduard: *Malerische Wanderungen durch Prag*, Prag 1884.

Herzogenberg, Johanna: *Prag*, München 1966.

Kamper, Jaroslav: *Wanderungen durch Alt-Prag*, Prag 1932.

Karlů, Václav: *Povídky ze Zlaté uličky*, Prag 1940.

Kovařík, Vladimír: *Literární toulky Prahou*, Prag 1980.

Poche, Emanuel: *Zlatá ulička na Pražském hradě*, Praha 1969.

Prager Tagblatt, verschiedene Jahrgänge.

Rokyta, Hugo: *Die Böhmischen Länder. Prag,* Prag 1997.

Ruth, František: *Kronika Královské Prahy a obcí sousedních*, Prag 1995.

Salfellner, Harald: *Franz Kafka und Prag. Ein literarischer Wegweiser*, Prag 2017

Schürer, Oskar: *Prag*, Wien 1930.

Štorch-Marien, Otakar: *Tma a co bylo potom*, Prag 1972.

Svátek, Josef: *Pasovští v Praze*, Prag 1927.

Svátek, Josef: *Ze staré Prahy*, Prag 1899.

Vančura, Jiří: *Pražský hrad*, Prag 1976

Vávrová, Věra: *Vězňové a věznice na Pražském hradě aneb Černá kronika*; in: *Umění a řemesla '97*, ročník 39.

Vilímková, Milada und Kašička, František: *Počátky Zlaté uličky na Pražském hradě*; in: *Památky a příroda 3/1976.*

Bildnachweis